H. J. Schiffer · *Stadt der Fledermäuse*

AF288929

Das Buch

Könnte es sein, dass bei der Transplantation eines Herzens auch Gefühle, Ängste und Träume auf den Empfänger übertragen werden? Diese Frage muss sich der junge Kantor Alexander Levin stellen, als er sich in die schöne Ministrantin Lara verliebt. Sie fühlt sich von bösen Ahnungen gejagt, die auf das Schicksal einer anderen, längst verstorbenen Person hinweisen. Plötzlich häufen sich merkwürdige Todesfälle. Eine Mumie wird gefunden, die keine Mumie ist. Und dann gibt es da noch ein Buch, in dem all diese seltsamen Ereignisse bereits vorweggenommen scheinen. Dirigiert die Handlung eines Romans die Gegenwart?

Heinz J. Schiffer entführt den Leser in die mystische Welt der *Stadt der Fledermäuse*, in sinnliche und übersinnliche Gefilde, wo sich Realität und Phantasie überlagern – bis sich die Wahrheit schließlich als trickreiches Artefakt entpuppt. Ein schaurig hintergründiges Lesevergnügen, nie gänzlich frei von Ironie und Wortspiel - und einer gewissen Portion Erotik!

Der Autor

Nach einer international erfolgreichen Karriere als Dirigent und Musiker widmet sich Heinz J. Schiffer heute überwiegend seiner zweiten großen Passion - der Literatur.

»Bereits in seinem Debütroman *Die genetische Arche* zeigt sich Schiffer als anspruchsvoller Autor, dessen Interessen vor allem der Psychologie und Philosophie gelten. Dies streift aktuellste Wissensgebiete. Er präsentiert seine Gedanken darüber nicht trocken wissenschaftlich, sondern im äußerst spannenden Gewand eines futuristischen Kriminalromans. Sein Stil ist geprägt von Impressionen und Assoziationen. Seine Prosa bedient sich zunehmend geistig-sinnlicher Metaphern, um den Phänomen und dem universellen Bewusstsein auf die Spur zu kommen.«
Westdeutsche Zeitung

Heinz J. Schiffer ist seit 2006 Mitglied des PEN-Zentrums deutschsprachiger Autoren im Ausland. (www.exilpen.de)

H. J. Schiffer

STADT
der
FLEDERMÄUSE

Januar 2008
© Annette Schiffer
Lektorat: Prof. Dr. Gert Niers, New Jersey
Satz und Layout: Annette Schiffer
Covergestaltung: Kay Fretwurst, Spreeau
Herstellung und Verlag: Books on Demand GmbH, Norderstedt
Printed in Germany • ISBN 978-3-8370-0908-8

Gewidmet
meiner geliebten Frau Annette
und meinen Kindern
Roman Marc und Lavinia

Kapitel 1

Als die ersten Gedanken des Tages dem Tintenfass des Frühlichts entsteigen, die Sonne den schwarz geteerten Federn der Nacht ein neues Alphabet beimischt, befleißigt sich Alexander Levin, den Geist der Erkenntnis an die morgendliche Zeitung weiterzureichen, wenn auch mit schwer zugänglichen Lippen und einem zum Teil vertrockneten Vokabular.

Schließlich aber gilt es, der Sprache zu ihrem ursprünglichen Recht zu verhelfen. Nichts würde je geschrieben stehen, hätte Gott bei der Erschaffung dieser Welt die Schreiberlinge vergessen. Geht es doch darum, seine Allmacht zu erfüllen und damit die gewaltige Halde von Silben und Buchstaben zu befrieden, Sinn versprechend abzutragen und zu enträtseln.

Also blättert sich Alexander durch die haltlosen Seiten, vermeidet es, dem taufrischen Papiergemüse Flügel zu verleihen und hofft im Sinne innerer Bußwilligkeit, ihm möge das Fledermaussyndrom erspart bleiben, kopfüber an die Decke gehängt zu werden.

Entsprechend lässt er sich von dem bereitgestellten Lächeln der imposanten Titelfigur inspirieren, sieht in ihr das Wesen der nächsten Art und konstatiert, dass das Weib den Schritt in die Evolutionsgeschichte offenkundig bereits seit einer Weile vollzogen hat. Nicht nur, dass es beiderlei Geschlechts sein dürfte, es weckt in ihm die Idee eines neuartigen Individuums, die Hinwendung zu einem Metamenschen.

Unter dem Aspekt dieser transzendenten Umwandlung und in der Aussicht, zu einer universellen Spezies zu mutieren, nimmt sich die Schlagzeile *Fröhlicher Friedhof* geradezu grotesk heraus, wenn auch im Benehmen gehalten, dass die ein oder andere Körperlichkeit künftig die irdische Scholle schneller erreicht, als es der Tod besorgen kann.

»Die Zeit, da man seine sterbliche Hülle Familiengräbern anvertraute«, so der Verfasser, sei längst aus der Mode gekommen. Inzwischen bevorzuge man anonyme Rasenruhestätten oder auch pflegeleichte Aschengräber, mit oder ohne Urnen.

Eigentlich wäre dies der Moment, auf einen anderen Artikel umzusteigen, zumal Alexander sich keineswegs schlüssig ist, wer dann angesichts der Hinwendung zum kollektiven Menschsein noch individuell betreut werden kann, oder wen man tatsächlich unter die Erde bringt.

Aber da er schon einmal den Narren in sich geweckt sieht, möchte er natürlich wissen, was die letzte Ruhestätte so alles zu bieten hat, schenkt dem Essay seine Aufmerksamkeit und ist erstaunt, welchen Enthusiasmus Umweltdezernentin Carlotta Niesmacher aufbringt, um den Event auf dem Friedhof zu einem nachhaltigen Erlebnis werden zu lassen. So verwöhnt sie das Publikum nebst einer Reihe von Showgräbern mit verschiedenen Bestattungsarten und Beisetzungszeremonien.

Da jedoch angesichts der Begrenztheit des Seins Gärtner und Steinmetze nicht erst um ihre Dienste gebeten werden müssen, ist es kaum verwunderlich, dass Carlotta Niesmacher sie ins Blickfeld der Betrachtung stellt; wobei sie dankenswerterweise zu berichten weiß, dass sich die Herren der stillen Künste dazu entschlossen hätten, ihre Fertigkeiten an die Gäste weiterzureichen, jeder könne mitmachen, Klein und Groß, Jung und Alt. Weist darauf hin, dass die Bildhauer sich um ein besonders nachgiebiges Material bemühten und jeder die Gelegenheit wahrnehmen könne, sich an seinem eigenen Stein zu probieren.

Nun wäre es natürlich denkbar, dass so mancher es historischer möchte, mutmaßt Alexander, gibt den Zeilen die Chance, sich mit seiner Idee anzufreunden, und ist einigermaßen überrascht, dass sie nicht nur seiner Ahnung entsprechen, sondern sogar bei weitem übertreffen, hier mit einer Galerie hübsch dekorierter Leichenautos, vom klotzigen Chevrolet bis zum simplen Volkswagen, von heraldisch geschmückten Pferdegespannen des Mittelalters bis hin zu handbetriebenen Bollerwagen aus der Zeit der Armut und Pestilenz.

Und wer glaubt, die Verantwortlichen hätten zwischen Pietät und Spaß viel Raum belassen, sieht sich getäuscht. Neben Schießbuden und Würstchenständen verweist Carlotta Niesmacher auf die lustige Fahrt der kleinen Bimmelbahn rings um das Gräberfeld und, im weiteren Sinne, auf echte musikalische Darbietungen, vom Streichquartett bis hin zur stadtbekannten »Sauerkraut Band«.

Gewiss hat der Tod nie so recht ins Dasein passen wollen, ersucht Alexander seinen Verstand, sieht nicht den Fortschritt, den die Ästhetik sich hätte leisten müssen, und konstatiert, dass der Mensch dem Menschen fremd geworden sei, das Leben dem Leben gegenüber und der Tod dem Tod.

Völlig entgeistert zeigt er sich über die literarische Sequenz zum Abschluss des Reports, in welchem die Friedhofverwaltung der Überzeugung nachkommt, dass man nie zu früh käme, wollte man wissen, wie man sich bettet. Entsprechend äußert sich Carlotta Niesmacher, so berichtet sie, dass einem Rollstuhlfahrer die Begeisterung anzumerken war, als seine Familie ihm zum Geburtstag letzten Jahres einen Sitzsarg schenkte, und die Vorsehung es wollte, dass ihm beim diesjährigen *Tag der offenen Tür* die fürstliche Ehre zuteil wird, im Kreise seiner Lieben und zur Bewunderung aller in eben dieser Sänfte zu Grabe getragen zu werden.

Nun muss man wissen, dass es sich hier um eine vergessene Stadt handelt, ein mittelalterliches Refugium, das von rostigen Kanonen bedroht und meterdicken Wehrmauern bedrängt wird, ein grimmiges Schlupfloch, das die Menschen in der Zeit damaliger Erkenntnisse gefangen hält und ihre Seelen leichter transportiert als Luft. Was sie sind oder vorgeben zu sein, besteht aus dem, was sie verlernt und vertan haben.

Alexander Levin, den es vor Jahren hierhin verschlug, steht insgeheim immer noch an der Haltestelle von einst, begafft und belächelt, als hätte er seine Ankunft verpasst oder den Bus nie bestiegen. Die Frage also, inwieweit er die Koffer tatsächlich ausgepackt hat, lässt sich nicht so genau festmachen, außerdem wüsste er nicht, was er der subalternen Ansiedlung hätte anvertrauen können. Seine Träume sind so inflationär, wie es ihm verwehrt bleibt, der Sprache seines Selbst Gehör zu verschaffen.

So beneidet die Schiffbrüchigen, denen es gelungen ist, das rettende Ufer zu erreichen, vermisst es, für etwas dankbar zu sein, und verteufelt einmal mehr den Moment, als seine Eltern ihn dazu animierten, das Konservatorium zu besuchen, damals noch im Glauben, der Himmel hätte ihm den unbespielten Flügel ins Haus gestellt, um sein Talent daran zu probieren, vielleicht sogar mit dem Fingerzeig, man könne dem Blendwerk der Tastatur die Karriere ansehen.

Dass der Allmächtige damit zu viel versprach, sollte ihm mit jeder Etüde in Erinnerung kommen, irgendwann sogar mit der wundersamen Einsicht, dass Mühsamkeit und Geduld unerbittliche Feinde der Faszination sind und die schönsten Ideen zur Einsamkeit degenerieren müssen, wenn man der Strebsamkeit verpflichtet ist, sich ihnen blindlings zuzuwenden, nötigenfalls bis zur Resignation.

Für Alexander, wie sich bald herausstellen sollte, nicht unbedingt die ersprießlichste Logik. Ein Künstler, der damit rechnen muss, auf Dauer seine Verträglichkeit zu verlieren, dürfte auch als Genie nichts taugen. Es wäre jedenfalls nicht überraschend, wenn sich der Segen der Musik am Ende als Fluch erweisen würde und im Anhang seiner Vita die Geschichte eines Märtyrers stünde und nicht die Lobeshymnen auf einen gefeierten Pianisten.

Die Frage also, wie sich Alexander entschieden hat, ist unschwer zu erraten. Bevor er das Packeis der Musik im Blindflug überquerte, befleißigte er sich, der gepriesenen Klaviatur ein paar Pfeifen anzuhängen. Sinnbildlich vertont, er besann sich, Talent und Tauglichkeit miteinander zu verknüpfen, entdeckte die Diskrepanz zwischen Beruf und Berufung und huldigt seither, eher verpflichtet als überzeugt, den zugigen Registern einer barocken Kirchenorgel, jener klanglich überladene Arche, die dem Ende aller Tage meilenweit voraus zu sein scheint. Gewiss eine honorige Entscheidung: Wer um die eigenen Schwächen weiß, gewinnt schon wieder an Stärke.

Dennoch gibt es ein paar Dinge, um deren Ruf er bislang vergeblich bemüht ist, nicht zuletzt die hinreichend zelebrierte Askese vor dem Allerheiligsten, die zu der fatalen Gewissheit führen könnte, Gott hätte eine überzogene Forderung an jene, die unmittelbar in seinen Diensten stehen.

Sicherlich gibt es da noch eine Menge anderer Ungereimtheiten, die darauf warten, ins Licht gestellt zu werden. Für ihn schienen die Wasser nie zu flach, um einen Kopfsprung zu riskieren. So war er doch einstmals derart unsterblich in eine Krankenschwester verliebt, dass er das Hospital zum Inbegriff seines Begehrens machte. Nur um in ihrer Nähe zu sein, simulierte er die heimtückischsten Krankheiten, zuweilen dann auch solche, die sich anhänglicher erwiesen als seine angebetete Freundin.

Zugunsten aller Nachlässigkeiten und Irrtümer sei dennoch gesagt, dass sich Alexander seiner Kuriosität bewusst ist, derzeit schmückt er sich mit einem Chihuahua, besser vermittelt, einem fledermausähnlichen Geschöpf, das hässlich genug ist, um beides sicherzustellen, sozusagen ein Wechselbalg, der mit jeder Interpretation zufrieden ist, wenn er nur durch die Welt getragen wird. Insofern ist der vierbeinige Vampir so etwas wie das Urbild seines Selbst, ein skurriler und wunderlicher Geselle mit der Befähigung, ungebetenerweise Heiterkeit zu verbreiten.

Aber mit welchen Albträumen sich Alexander auch herumschlägt, seine Seele ist selten dort anzutreffen, wo er sich gerade mal befindet. Augenblicklich sind es die Kirchenglocken, die seine Aufmerksamkeit fordern, die ihn durch das Portal des

Gotteshauses schreiten lassen und dazu animieren, das Hochamt mit besonderen musikalischen Akzenten zu versehen, eventuell mit eigenen Kompositionen, jene, die er bereits geschrieben hat, oder solche, die spontan vertont werden wollen.

Alsdann begibt er sich in die Sakristei, um den Ablauf der Messe in Erfahrung zu bringen, blickt in das Gerippe der Predigt, das zur Begutachtung des Herrn ausliegt und ist nicht unbedingt überzeugt, dass der Allmächtige diesen Diskurs eingesegnet hat. Entdeckt zwischen den Zeilen den Verfasser Bischof Augustinus, bläht seine Nase angesichts des beißenden Geruchs überschätzter Selbstherrlichkeit und befürchtet, dass er wieder einmal der Halluzination verfallen könnte, seine kräftigen Arme dafür zu nutzen, den Altar an die Pforte des Himmels zu stemmen, sozusagen mit der Urgewalt eines Dinosauriers, mit der Lobpreisung Gottes im Schnabel und der Unwichtigkeit Mensch zwischen den Krallen.

Weiß Gott, was Alexander ihm noch in die Schuhe schieben möchte, als musikalischen Performer stört ihn, dass seine Exzellenz der Bischof sich seinem Orgelspiel gegenüber bislang taub zeigte, wohingegen der Knabenchor, im besten Alter des Stimmbruchs, stets zu Tränen rührte.

Glücklicherweise sind es dann die verstummenden Glocken, die Alexander ermahnen, seine Dienste als Kantor anzutreten, beschleicht wie ein reuiger Sünder die Empore und befriedet Gott und die Gemeinde mit einer frischgebackenen Intrade, verwöhnt ihre Ohren mit den sinnlichen Registern der Oboen und Panflöten, streichelt sie mit Celli und Bässen und erhofft sich im Benehmen persönlicher Ehrfurcht, der jahrhundertealten Tastatur dennoch ein paar wohlgefällige Erinnerungen abzuringen.

Eigentlich wäre damit genügend Buße getan, wäre da nicht sein hoch interessierter Chihuahua, der dem Spiel der Pedale seine besondere Aufmerksamkeit schenkt und immer wieder mit atemberaubendem und ohrenbetäubendem Gejaule in die Töne gerät.

Erst nach Beendigung des Musikstücks und der Ungeduld des Bischofs, keine Pause aufkommen zu lassen, gelingt es Alexander, seinen Hund mit ein paar Keksen zurück in die Notentasche zu befördern.

»Siehst du«, hält er ihm entgegen, »mit einem Male weißt du, wo du hingehörst«, blickt über die Brüstung der Galerie und meint, dass die Gläubigen es ungleich schwerer hätten, sie besäßen zwar das Privileg, den Leib Christi zu empfangen, müssten sich aber mit dem Domizil ihrer Zugehörigkeit erst noch näher befassen.

Indem Alexander der Apotheose des Hochamtes mit ungestümen Figurationen und schwellenden Pedalen den Kehraus bereitet, überrascht ihn die engelhafte Erscheinung einer jungen Ministrantin, gewiss nichts außergewöhnliches, schon des Öfteren erschlich sie sich seine Nähe, heute allerdings mit äußerst leisen Sohlen und einer ausgesprochen fremdartigen Stimme. Erst nach einer Weile begreift er, dass sie ihr Timbre einem Teddybären geliehen hat, selbstverständlich etwas brummig und wenn man hinzudeuten sollte, mit der ungezähmten Bereitschaft, Furcht einzuflößen.

Dass dies in erster Linie der Hund begreifen sollte und mit entsprechendem Gejammer quittiert, dürfte die Möglichkeit einschließen, Gott hätte dafür gesorgt, dass die Gemeinde zur Kenntnis nehmen möge, dass die Empore nicht minder ihre Aufmerksamkeit verdient, zumal der Zensor der himmlischen Worte dem Spiel des Organisten nur wenig entgegenzusetzen hat.

Zwar könnte Alexander sich mit dieser Konstellation anfreunden, doch insgeheim befürchtet er, dass am Ende vornehmlich das Gelächter der Leute wie die mürrischen Bemerkungen des Predigers in Erinnerung haften bleiben.

Folglich schenkt er der Ministrantin sein mildestes Lächeln und erklärt, dass nichts passiert sei, was nicht schon mindestens tausendmal vorgekommen wäre. Zudem spielt bei Alexander die Tatsache mit, dass ihr vor kurzem ein Herz transplantiert wurde und sein Mitgefühl auf besondere Weise gefordert ist, zumal ihm zu Ohren kam, dass ihre Organspenderin noch um Jahre jünger war, und es nicht auszuschließen sei, dass derartige Verpflanzungen dazu angetan sind, gewisse Merkmale und Empfindungen an den Empfänger weiterzuleiten.

Dass solche Phänomene nicht unbedingt dazu prädestiniert sind, sie über die Brüstung der Kirche hinauszuschreien, möchte Alexander nicht weiter bedenken. Dennoch sähe er die Obrigkeit in der Pflicht, sich derlei Schicksale anzunehmen. Eine Gesellschaft, die den Fortschritt will, braucht einen starken Glauben, und wenn man mutmaßen sollte, die Hand des Allmächtigen.

Gewiss zählt Alexander nicht zu denen, die sich einfach so nach hinten wegschleichen, heute aber zieht er es vor, das Bethaus über den Klostergarten zu verlassen, nicht unbedingt die schlechteste Lösung, zumal diese Anlage dank der aufopfernden Pflege Pater Domenicos immer wieder ein Erlebnis beschert.

Und indem er mehr geblendet als sehend, sich dem gleißenden Strahlenkranz der Sonne erwehrt, sein Gehör mit den Noten der Lüfte in Konkurrenz tritt, sieht Alexander sich der warmherzigen Stimme des christlichen Gärtners gegenüber.

»Schauen Sie«, unterbreitet er ihm der tätige Diener des Herrn seine Gedanken, »unser Bewusstsein ist ein universelles Postulat. So wie die Heimat unseres Ichs sich nicht bedingungslos auf unser Hirn begrenzen lässt, so wenig wahrhaftig scheint es, Gott hätte die Kirche ausschließlich zur Lobpreisung seiner Allmacht geschaffen, jedenfalls nicht ohne Vorbehalt und nicht mit gutem Gewissen.«

»Ich verstehe«, bemüht der Unschuldsengel, der Alexander unauffällig hinterher gereist ist, seinen Teddybären, »die ganze Welt ist eine Kirche, man muss nur hinschauen, pflanzen, jäten, vielleicht noch düngen.« Bringt den Hund, den Alexander in der Tasche spazieren führt, ins Gespräch und meint, dass er bestimmt nichts dagegen hätte, würde er für eine Weile auf eigenen Füßen stehen, bestenfalls, um mit seiner Notdurft ins Geschäft zu kommen.

»Du hast ein intelligentes Kuscheltier«, so der Pater, vermeidet es, näher auf ihre Schüchternheit einzugehen und deutet an, dass der Herr der Schöpfung sich nicht zuletzt mittels der Natur verständlich machen würde, zuweilen über den Duft einer Teerose, eines Blütenzweiges oder mit den verträumten Farben eines Schmetterlings. Schildert mit Blick auf die pfleglich bestellte Anlage, dass ein Mensch, der ohne Phantasie ist, die Welt nie gänzlich verstehen wird, nicht mit seinem Herzen und nicht in seiner Seele.

»Die beste Begründung dafür«, bestätigt Alexander, »dass die Blindheit auch ohne organischen Schaden allzeit gewährleistet ist.« Bemerkt, wie sein vierbeiniger Adlatus die Erde aufscharrt, Knochen für Knochen einsammelt und mit der Auffindung eines blendend weißen Minischädels der Erkenntnis Vorschub leistet, hiermit das Skelett einer Fledermaus zu Tage befördert zu haben.

Für den Pater nichts Ungewöhnliches, seine Beete seien geradezu von ihnen übersät, entweder vermissen sie die Friedfertigkeit innerhalb der Gemäuer dieser Stadt und möchten nahe der Kirche beerdigt werden, oder sie sind aus guten Gründen dazu angehalten, den Abstand zwischen ihnen und der Spezies Mensch sicherzustellen.

»Das hört sich nicht danach an, als könnten die Einwohner auf die Wahrhaftigkeit des Sehens zurückblicken«, weiß der altkluge Teddy zu deuten, »zumindest sollte man nicht ausschließen, dass sich die Plage frankensteinscher Zöglinge irgendwann als Spiegelbild der hiesigen Bevölkerung entpuppen könnte, dann vermutlich entschieden blutrünstiger und mindestens ebenso blind.«

»So unabdinglich würde ich das nicht gelten lassen«, bemüht sich Pater Domenico um eine christlichere Interpretation, »zu den erstaunlichsten Betrachtungen gehören letztlich auch diese,

15

die man sich selbst einredet. Die Zunge ist immer bereit, sich zu verbiegen, besonders, wenn es um die eigene Meinung geht.«

»Und was wissen wir, was alles gelogen sein könnte, wenn wir uns um die Wahrheit streiten«, ermittelt der kindliche Prophet mit dem Anspruch eines Erwachsenen; kommt auf den Chihuahua zu sprechen, der ebenso gut eine Fledermaus sein könnte und überlegt, dass hier beides zusammenkäme, Hund und Vampir, Tag und Nacht.

»Der genetische Code«, befleißigt sich Domenico um eine geschichtsträchtige Antwort, »funktioniert bereits seit Jahrmillionen, vom Geißeltierchen bis zum Tausendfüßler oder, wie soeben entdeckt, von Art zu Art. Offensichtlich scheint angesichts der rätselhaften Wege Gottes und der ewigen Tortur, sich den Veränderbarkeiten zu unterwerfen, das Ungeheuerliche ganz normal zu sein.«

Kratzt sich in den zentimeterlangen Bart und gibt zu denken, dass alles in allem vorhanden sei, vielleicht sogar mehr als die gesamte Materie des Universums.

»Wir sollten den Weg des Öfteren durch den Klostergarten wählen«, nimmt Alexander den kompromisslosen Engel an die Hand, dankt Domenico für seinen Einblick in die Welt von gestern und vertieft noch einmal die Überlegung, dass die Evolution wohl auch morgen auf unser Leben keine Rücksicht nehmen wird und der Mensch entsprechend aller Erfahrungsprägungen ein Wesen mythologischer Art bleibt, ein Konglomerat aller Spezies, vom Einzeller zum Affen, warum nicht auch ein bisschen Fledermaus?

Kapitel 2

»Ich hoffe, du bist einverstanden, wenn ich dich ein Stück des Weges begleite«, kokettiert Lara mit der Neugier Alexanders, »der Tag hat sein blaues Band sanft um die Stirn des Himmels gelegt und verdient es, bewundert und vergöttert zu werden.« Dabei verweist sie auf die wogenden Kornähren jenseits der Wehrmauer und deutet an, dass sie gänzlich einander zugeneigt seien, den Gesang des Windes atmen und zum Flüsterton geheimer Wünsche werden.

Nun könnte man natürlich ohnehin der Meinung sein, sie hätte es darauf angelegt, Alexanders Aufmerksamkeit zu erhaschen. Er ist zwar nicht der triumphale Held jugendlicher Träume, eher der landflüchtige Minnesänger, mit Fledermäusen und anderen Flausen im Kopf, ein Wandergeselle zwischen den Welten, zwischen Sein und Schein und immer ein bisschen abwesend.

So bemerkt Lara, dass es keineswegs leicht sei, das eigene Leben gerecht zu beurteilen. »Entweder schafft man Ordnung, indem man das Chaos so belässt wie es ist, oder man sucht die Konfusion mit sich selbst und trägt das Risiko, sein Gesicht schneller zu verlieren als man ihm nachlaufen kann.«

Als hätte sie für ihn die passende Lösung gefunden, beschließt sie, ihm bei der Beschaffung einer neuen Befindlichkeit behilflich zu sein, vielleicht über den Kontext ihrer Erfahrungen oder im Austausch geistiger Affinitäten, gegebenenfalls durch die Verschmelzung beider Seelen.

Anschaulicher verfasst, sie besinnt sich der Anziehungskraft ihres Wesens, begibt sich in den Schwebezustand eines Schmetterlings und nimmt den Tanz auf, der sich im Sog des Windes bereits ankündigt, sich in ihrer Kleidung verfängt und hübsche bis verführerische Einblicke gewährt.

Alexander, der sich den Blendungen eines Lichtblitzes ausgesetzt sieht, gerät zunehmend außer Fassung, kaum eine Nervenfaser, die nicht in Flammen aufgeht und seine Sinne durcheinander wirbelt. Schaute er soeben noch über den Teppich goldbeladener Weizenfelder, ist er augenblicklich geneigt zu glauben, die Natur hätte Lara höchst persönlich ausersehen, diese in Brand zu setzen. Und es sind gleich mehrere Dinge, an denen sie ihre Künste probiert. Es gelingt ihr, die Distanz zwischen Himmel und Erde auf die Schultern eines Bussards zu laden, zuweilen um der Gravitation der Gefühle die Leichtigkeit zu vermitteln, die Wolken hätten nichts dagegen, von ihrer beider Seelen bewohnt zu sein. Vor allem aber ist es ihre wundersame Verwandlung vom Kind zum Weib, vom jugendlichen Schmetterling zur frisch gekürten Venus.

»Mir gefällt es, wenn dir die Worte fehlen«, offenbart sich Lara. Amüsiert sich, dass der Hund seinen Schrecken mitträgt und wie von einer Tarantel gestochen aus der Notentasche springt.»Jetzt, da dir die Sprache ausbleibt und du nicht unbedingt willens bist, sie wieder in Gang zu setzen, will ich bemüht sein, dir die Dinge von den Lippen zu lesen, niemand ist sich selbst so nahe, wie es ein anderer sein kann. Und wenn unser Herz mitspielt, ist es genau dort zu finden, wo es sich hingezogen fühlt.«

Lacht, als hätte sie dem Binsenkörbchen der Weisheit die Früchte nachgereicht, genießt es, seine Harmlosigkeit zu unterwandern und gängelt ihn mit dem Hinweis, dass Verwirrung und Erstaunen ein Parameter für Lust und Laune seien, besinnt sich ihrer wohlproportionierten Figürlichkeit, erfrischt seinen Blick mit heißkalten Posen und verspricht, von nun an zur hingebungsvollen Verwalterin seiner Träume zu werden.

Niemand müsse es hinnehmen, auf ewig Durchreisender seines Selbst zu sein, so zu leben wie der Bettler vor einer fremden

Tür, immer bereit fortzugehen, unterwürfig und widerspruchslos.

»Ich wusste nicht«, findet Alexander zu seiner Stimme zurück, »dass ein arglos gedachter Spaziergang dazu angetan sein könnte, die Welt auf den Kopf zu stellen. Offensichtlich aber sind die Prinzipien biegsamer als ihr Ruf. Hoffen wir nur, dass sie dann auch so flexibel sind, den Tag zu überstehen, und wenn die Emotionen es zulassen, auch darüber hinaus.«

»Vielleicht ist es aber auch eine Frage des Schicksals«, erwidert Lara, »möglicherweise haben wir soeben den wahren Herrscher des Universums kennengelernt, selbst wenn er sich nur Silberstreif offenbarte. Ohne die Bereitschaft, dem Leben Flügel zu verleihen, müssten wir in uns verkümmern, wüssten nichts von den Inseln der Hoffnung und Sehnsüchte, denen des Glücks und der Liebe, von jenen still gehüteten Geheimnissen und von all dem, was mit Trost und Zuneigung bedacht sein möchte.«

Doch wie die Dinge sich auch entwickeln werden, zunächst einmal verabschieden sie sich mit einer zaghaften Umarmung und einem verlegenen Kuss auf die Wangen.

Natürlich lässt sich nicht leugnen, dass sie die Gondel ihrer Gefühle mit neuen Ahnungen beladen. Inwieweit ihre Sympathie dazu gereichen könnte, ein Sonnenschiff damit zu flaggen, wird den Sternen zu entnehmen sein. Immerhin standen sie, wenn auch episodenhaft, im Licht der Erneuerung, zumindest lässt sich aus ihrem Verhalten ersehen, dass sie gewillt sind, eine gewisse Veränderung in ihrem Leben zu vollziehen, und wenn sie nur dazu gedacht ist, sich aus dem Staub dieser Stadt zu erheben und die graublinden Spiegel der Häuserfronten mit ihrem persönlichen Antlitz zu verschönern, vielleicht sogar, um der Fracht Menschsein etwas von ihrem überhöhten Gewicht zu nehmen.

Man wird der zeitlos gemauerten Zeit nur entkommen können, wenn das Pendel des Herzens, das zwischen gestern und morgen in Lautlosigkeit erstarrt, den Schrei wahrnimmt, mit dem es sich befreien kann.

Gegenwärtig ist Alexander bemüht, den himbeerfarbenen Morgen an die vernachlässigte Geometrie seiner vier Wände weiterzureichen, was nicht unbedingt der gänzlichen Wahrheit entspricht, ebenso könnte es die schwellende Bereitschaft ihres Mundes sein, die aufregenden Knospen unter ihrer lichten Bluse. Und wenn es nicht die Erinnerungen ihrer Reize sind, die er wie eine Schleppe hinter sich herzieht, ist es das wundersame Gefühl, einer Gestalt begegnet zu sein, welche die Leere aus seinen Händen reißt und zur Geberin seiner Inspiration wird, augenblicklich mit dem Bedürfnis, seine Finger an die Tastatur des Flügels zu bringen, mit schwindelerregenden Kadenzen und der Faszination, selten so umfassend umgarnt zu sein.

»Mir scheint, du löst die Versprechen ein, die du dir auf die Fahne deines Pianostudiums geschrieben hast«, überrascht ihn die Stimme seines Nachbarn, jener professorale Kopf, der stets bemerkt, was noch getan werden muss, nicht aber, was schon erreicht ist. Und da sein Wissensdurst die Zunge schneller erreicht, als so mancher denken kann, zeigt er sich überzeugt, dass es nur die Liebe sein kann, die einen Kantor dazu bewegt, die Steilwände himmlischer Kompositionen derart halsbrecherisch zu erklimmen.

Dass es Alexander nicht gelingen wird, seine Fortschritte als Privileg seines Fleißes auszulegen, erübrigt sich bereits damit, dass der Gelehrte mit dem Haupte Einsteins im Grunde nur noch wissen will, wie die Hübsche aussieht, und wann er das Vergnügen hat, sie kennenzulernen. Wie sich denken lässt, kein leichtes Unterfangen, erklären zu müssen, dass sie überwiegend einen Teddybären zum Partner hat, sich in der Kirche als Ministrantin versucht und darüber hinaus geradezu von prophetischer Schönheit ist.

Aber wer sich dazu berufen fühlt, gleich mehrere Bücher über das Perpetuum mobile zu schreiben, der die eigene Meinung als den größten Luxus ansieht, den die Menschen sich leisten können, dürfte wahrscheinlich in der Gestalt Laras ein nicht tatsächlich existierendes Wesen erkennen, einen Mythos der Einbildung, etwas, das so wenig funktioniert, wie seine utopischen Maschinen, die nie zum Tragen kommen, jedoch ungemein unterhaltsam sind.

Also befleißigt sich Alexander, Laras Leidensweg so umständlich wie möglich dem Gelehrten zu erläutern, mit dem bemerkenswerten Erfolg, dass dieser zunächst einmal um ein Glas Wein plus Zigarre bittet. Als dann jedoch die ersten Rauchringe seinem geistigen Schopf wie zur Erleuchtung aufsitzen, und er den roten Faden erkennt, an dem sich Alexander vergeblich bemüht, erklärt er, dass dem Herzen im menschlichen Organismus eine Schlüsselfunktion zukomme, es sei der stärkste Generator, den wir zu verzeichnen hätten. Mit etwa fünftausend Millivolt könne man es noch in zirka vierzig Metern aufspüren und orten.»Ein Phänomen, das gewiss nicht aus purer Laune existiert«, verdeutlicht er.»So manche Erkenntnis lässt sich besser erspüren als begründen.«

»Du schließt also nicht aus«, entgegnet Alexander,»dass Gedanken und Gefühle sowie Ängste und Träume übertragbar sind, vom Kopf zum Herzen und von Mensch zu Mensch. Kaum auszudenken, was denn wäre, würde man Teile eines fremden Gehirns transplantieren. Die Frage dürfte also lauten, was geschieht mit unserer Persönlichkeit, verpflanzt man die Seele mit, bewohnen wir noch uns selbst oder teilen wir unser Bewusstsein mit einem fremden Ich?«

»Zuweilen passiert es«, verteilt der Professor seine Kenntnisse,»dass ein Abstinenzler zum Biertrinker wird, der Gourmet zum Fastfood-Esser oder der Priester zum obstinaten Atheisten. Sieh nur«, schiebt der selbsternannte Dozent ein paar Rauchwolken gegen die Decke,»bislang war es die Natur, die sich um uns verdient machte, eventuell noch unser Talent. Nun aber müssen wir erkennen, dass dies gestern war und dass sich unsere Möglichkeiten gravierend verändert haben. Bislang glaubten wir, der zu sein, der wir sind, nun allerdings sind wir auf dem besten Weg, dem Individuum in uns ein paar Rivalen unterzuschieben, solche, die der persönlichen Genetik widersprechen und andere, die sich bestens darin zurechtfinden.«

Glücklicherweise will es der Zufall, dass dem Thema der unabdinglichen Menschwerdung, das Corpus Delicti nachgereicht wird, an dem sie sich bislang mehr als ausgiebig probiert haben.

So präsentiert sich Alexanders Antlitz augenblicklich wie ein offenes Buch, und was nicht in ihm zu lesen ist, könnte man blindlings dort hineinschreiben. Dabei dürfte er gelernt haben, dass Überraschungen keine Rücksicht darauf nehmen, ob sie einem peinlich sind oder nicht.

Weniger sprachlos, dafür allerdings höchst erstaunt, zeigt sich hingegen der Professor. Ihm fehlen offenkundig die Anhaltspunkte, Alexanders herzzerreißende Schilderungen in bare Münze umzuwechseln. Was er sieht, ist weniger bemitleidenswert als sündhaft. Entweder hat sein Freund beim Anblick ihrer feudalen Figürlichkeit einige seiner fünf Sinne verloren oder nicht bedacht, dass gewisse Schwächen sich vermehrt bei starken Charakteren einfinden.

Entsprechend unmissverständlich ist seine Reaktion. So bescheinigt er, dass ihm in diesem Hause selten eine hübschere und attraktivere Person begegnet sei. Entbietet ihr einen Handkuss und bedauert, dass es nur wenigen Menschen vergönnt sei, zu erkennen, wie man sich fühlen muss, um sich glücklich zu schätzen.

»Ich denke«, hält ihm Alexander entgegen, »es gibt noch etwas, was du für dich behalten kannst. Es ist zwar nichts dagegen einzuwenden, dass du dir einen Vorsprung verschaffen möchtest, dann aber bitte schön, nicht so künstlich aufgebläht.«

»Die Freundschaft«, erhebt Lara ihre Stimme, »reicht offensichtlich nicht aus, um nett miteinander umzugehen.«

»Auch wenn das die Regel ist«, lacht der Professor, »unser Problem ist nicht der Mann, sondern die Frau.« Ergreift den

Moment, sich vorzustellen, bittet den Gast, sich auf das Kürzel Merlin zu beschränken und versichert, seinem Vornamen persönlich das Vertrauen ausgesprochen zu haben, was davor und dahinter käme, hätte ihm eigentlich nur Kummer gebracht.

Lara, die seine Bescheidenheit nicht unerwähnt lassen möchte, weist darauf hin, das Klugheit und Humor die effektivsten Eigenschaften seien, eine Frau zu entwaffnen.

»Wenn das nicht eine Antwort nach Maß ist«, wendet sich Alexander an Merlin, »weiß ich nicht, was Ironie bedeutet. Vielleicht solltest du die Zimbeln deiner Zunge in der Tat etwas mehr im Zaum halten, du stehst kurz davor, das Minenfeld der Fettnäpfen abzuräumen.«

»Bei all der Mühe, mit der wir unsere Fehler machen, sollten wir großzügig verfahren und darüber hinwegblicken«, amüsiert sich Lara, »außerdem haben sie den Vorteil, dass man daraus lernen kann.«

»Jeder Fehler ist unglaublich dumm, wenn ihn andere begehen«, beschleicht der Vikar mit gefalteten Händen das häusliche Parkett, »jedenfalls wäre es nicht verwunderlich, falls Sie meine Art, einfach so hineinzuplatzen hinzuzählen würden, wenngleich gewisse mildernde Umstände angesagt sein dürften, schließlich habe ich den Stößel der Tür mehrfach benutzt und mich mit einem lauten *Grüß Gott!* durch den Schlitz des Briefkastens bemerkbar gemacht.«

»Das ist nicht der Klopfer an der Tür des Herrn, auch nicht das Tribunal des Jüngsten Gerichts«, kommentiert Merlin, »diesbezüglich ist nichts passiert, was Sie fürchten müssten. Das praktische Leben ist so brauchbar, wie wir damit zurechtkommen.«

»Aber wie die Dinge auch gesegnet sein mögen«, übernimmt Alexander, »der Grund Ihres Besuchs dürfte zweifelsohne bescheidenerer Natur sein, auch wenn es nicht der Wind war, der Sie hier hineinblies. Wahrscheinlich handelt es sich um eine Messe, die in Vergessenheit geriet, manchmal vergisst man aber auch ganz einfach, was man wollte.«

»Ich will Sie nicht länger auf die Folter spannen«, erwidert der Diener Gottes. »Mein Ansinnen besteht darin, Sie als Solist zum diesjährigen Friedhofsfest zu bitten. Wenn wir Sie schon als begnadeten Organisten in unserer Kantorei ausweisen können, wäre es ein Sakrileg, Sie nicht auf einer derart wichtigen Veranstaltung begrüßen zu können. Der Erfolg dürfte Ihnen gewiss sein, zumal ich davon ausgehe, dass Sie sich der freien Improvisation zuwenden werden und in der Lage sind, zeitgemäße Klänge und Musikrichtungen miteinander zu verknüpfen.«

»Wenn es das ist, was Sie mit Ihrer Visite ankündigen wollten, habe ich bereits zugesagt«, entgegnet Alexander, »obschon ich hinzufügen möchte, dass sich das Instrument für gängige Musik nur bedingt eignet. Aber im Hinblick dessen, dass der Herr ein Auge auf die Tasten wirft, dürfte dies wohl kein besonderes Hindernis darstellen.«

»Im Lärm geht nichts verloren, was von Bedeutung ist«, fügt Merlin hinzu. »Nach allem, was ich gehört habe, sollen die Lebenden für den Tod geweckt werden, und da dürfte es nicht von Belang sein, was man spielt, sondern wie laut es rüberkommt.«

»Wir werden bestimmt auf ein großartiges Erlebnis zurückblicken können«, so der Vikar, »bereits beim letzten Event verbuchten wir auf dem Friedhof so viele Gäste, wie das ganze Jahr zuvor nicht in der Kirche.« Mit der Bitte um Entschuldigung, nicht länger verweilen zu können, da ihm noch ein wichtiges Gespräch seitens der Veranstalterin Frau Carlotta Niesmacher ins Haus stünde, begibt sich der Kirchenmann auch schon ins Freie.

»Menschen, die nicht zulassen, dass man an ihnen etwas aussetzen könnte, sind in der Regel nicht nur überheblich, sondern auch ungenießbar«, findet Merlin nach der Stippvisite des Vikars zum Thema zurück. »Zur ekklesiastischen Diplomatie gehört es, auf nette Art und Weise verschlüsselt zu reden. Jemanden zum Nachdenken zu bringen, ist oftmals die klügste

Art, sich einzuschleichen. Und wenn man dann noch mit Komplimenten und Lobpreisungen überschüttet wird, glaubt auch der demütigste Pessimist, sein Genie bisher verkannt zu haben.«

»Der graduelle Verfall des Charakters beginnt dort, wo die Selbsttäuschung Einzug hält«, entgegnet Lara, »folglich sollte man stets der Wachsamkeit verpflichtet sein. Die menschliche Misere ist nirgendwo so genüsslich kultiviert worden wie in der hiesigen Kirche.«

Die Angebetete sieht nun auch für sich den Zeitpunkt gekommen, den sturmgelandenen Morgen ins Abschiedstüchlein zu schnäuzen, der restliche Tag hätte ein Mühlrad für sie vorgesehen, das schaufelweise abgearbeitet sein will. Kramt beim Verlassen der Wohnung den Teddy aus ihrer Tasche, macht ihn dem Chihuahua zum Geschenk und gesteht, unter Zuhilfenahme seiner ihm zugedachten Stimme, dass sie Alexanders Konzert bereits jetzt für sich gebucht hätte, und es ihr ein besonderes Vergnügen sei, ihn dort bewundern zu dürfen.

Dass sich dem gestreichelten Kater die Wolle am Körper kräuselt, ist bis dahin mehr als konsequent, doch dass er sich in Gegenwart seines Freundes zu einem Kuss hinreißen lässt, ist schon einigermaßen überraschend, selbst wenn aus der Sicht Merlins alles hätte leidenschaftlicher passieren können. Immerhin dürfte sich eine Armee verstreuter Seelenpuzzles auf den Weg gemacht haben, die verwaisten Zisternen seines Herzens zu erstürmen. Aber wenn die Gefühle Oberhand gewinnen, setzt zuerst der Verstand aus, dann die Logik und zu guter Letzt alles andere, womit man sich noch erklären könnte.

Als hätte Merlin zum wiederholten Male derartige Situationen durchstanden, begnügt er sich mit der lapidaren Feststellung, dass die Zeit den Raum nachliefern wird, wo sich alles besser organisieren und konstituieren lässt.

Sich ungebeten ein weiteres Glas Wein verabreichend zieht er die beinahe erloschene Zigarre zur Stichflamme auf und meint, dass es ihm persönlich nicht vergönnt gewesen sei, mit konkreten Zuneigungen sein Leben zu verschönen. Zu viele Chancen hätte er ausgelassen und zu wenig Mut gehabt, im rechten Moment die Initiative zu ergreifen. Womöglich habe er aufgrund seines Hochmuts, stets Besseres in Erwartung zu stellen, genügend Gelegenheiten ausgelassen.

Kapitel 3

Inzwischen blickt Alexander Levin zurück auf eine schlecht durchschlafene Nacht, auf ein gespenstisches Kabinett geköpfter Köpfe, perkussierender Knochen und tanzender Gliedmaßen, ein Ensemble der Wahnwitzigkeit, skurril und mondsüchtig. Nicht minder beklemmend die wächserne Darstellung seines persönlichen Konterfeis, ein Lampiongesicht, das, wie zur Belustigung aufgehängt, den Protest eigener Wertlosigkeit zelebriert.

Dass es hierbei um nichts Geringeres geht als um die Reputation seines Selbst, scheint Alexander begriffen zu haben, auch wenn er bislang nicht der Meinung war, man könne über den Seelenfrieden die Welt retten. Alles andere hätte er in Erwägung gezogen, vielleicht sogar die Möglichkeit, sich als Clown oder Transvestit verdient zu machen, all das wäre gescheiter gewesen, als in einer irrealen Umgebung den Bekennenden zu spielen.

Offensichtlich aber war das der Gedankengang von gestern, heute intoniert der Glaube eine andere Geige, den Spagat zwischen Gewissen und Verlangen, mit Kadenzen eiliger als zur Flucht gedacht, teuflisch aufgewühlt, fast schon ein bisschen vom höllischen Feuer eines Paganini. Dass er hierbei an Lara gedacht haben dürfte, lässt sich kaum diskutieren, das Herz begünstigt den Verstand, schmiedet die Absichten und stillt das Begehren.

Sicherlich wäre damit schon alles gesagt, wie es sich jedoch erweisen wird, bestimmt die Zukunft. Folglich sollte er die Bedenken gegen das Wünschenswerte eintauschen. Das Chamäleon wird es nicht sein, das er irrtümlicherweise gestreichelt hat, es sei denn, er persönlich wäre die Echse und unterläge einer Selbsttäuschung.

Aber wie es scheint, möchte er diese Befürchtung nicht über Gebühr strapazieren. Wer zu viele Fragen stellt und zu viele Unsicherheiten verarbeitet, macht sich am Ende zum Dienstboten seines eigenen Schicksals.

Also bekennt er sich dazu, den anberaumten Tag vor den Steg der Entfaltung zu stellen, wenn auch mit der leidlichen Einschränkung, dass er zunächst einmal die Schärfe der Klinge zu spüren bekommt, die er zur morgendlichen Rasur neu aufgelegt hat und dem angedachten Lächeln vorab einige Kratzer mit auf den Weg gibt.

Als dann Alexander den öligen Asphalt unter die Füße bringt, nicht so recht wissend, wohin sie ihn tragen sollen, erblickt er unter den vielen verschlossenen Gesichtern die bauchige Erscheinung Pater Domenicos, besser gesagt, die Kutte Gottes oder den lehmigen Engel im Garten der Fledermäuse. Ebenso überraschend ist seine Aussage, dass es in seiner Absicht lag, ihn kurzerhand zu besuchen. Das Leben sei für ein paar Erklärungen immer wieder zu haben. Sie sind nebst dem persönlichen Bedürfnis manchmal sogar eine Gewissenssache.

Und da es der Zufall will, dass man sich auf halbem Wege trifft, kommt diese Fügung wie gerufen. Alexander verweist auf die Parkbank vis-à-vis der Straße und deutet an, dass dieser Ort für Klatsch und Tratsch wie geschaffen sei, auch wenn es oftmals mehr als nur Gerüchte sind, die man zu verbreiten trachtet. Dabei kommt er auf die Spatzen zu sprechen, die sich über die Hinterlassenschaften der Besucher hermachen, und meint, dass sie zwar nicht den Gesang erfunden hätten, dafür aber Meister der Geschwätzigkeit seien.

»Ich vermute«, so Alexander, »Sie zitieren den Sperling und meinen die Menschen, den vorsehungsträchtigen Umstand, dass immer jemand bereit ist, dem anderen die Laus aus dem Pelz zu picken.«

»So könnte man es sehen«, übernimmt Domenico,»aber worauf ich eigentlich abzielen möchte, lässt sich nicht mit irgendwelchen Brotkrümeln vergleichen. Es geht schlichtweg um Lara, um gewisse Auffälligkeiten in ihrer Persönlichkeitsstruktur und Psyche, detaillierter betrachtet, um die Frage, inwieweit sie ihr Erinnerungsvermögen noch ausschließlich auf sich selbst beziehen kann, wenn mit der Transplantation des Herzens der Teil eines fremden Gedächtnisses gleichsam mitverpflanzt wurde. Dass es ein zelluläres Bewusstsein gibt, ist der Wissenschaft keineswegs fremd. Auch weiß man aus der Neurobiologie, dass bestimmte Schmerzerlebnisse in Nervenzellen fortgeschrieben werden und lebendig bleiben, selbst dann, wenn kein organischer Befund mehr vorliegt.«

»Nicht auszurechnen, wenn sich bestätigen würde, dass die Spenderin einem Verbrechen zum Opfer fiel«, gibt Alexander zu bedenken.»Lara könnte von Albträumen heimgesucht werden, eventuell sogar über Informationen verfügen, die dazu beitragen könnten, dem abscheulichen Geschehen ein Gesicht zu geben. In diesem Zusammenhang ist mir aufgefallen, dass Priester nicht unmittelbar die Liste ihres Vertrauens anführen, zumindest scheinen sie sich um alles andere verdient zu machen als um ihre Zuneigung.«

»Aber das flüstern dir vermutlich die Spatzen«, erwidert Domenico,»nur weil dir ein Pater über den Weg läuft, solltest du nicht gleich Schwarz sehen. Natürlich gibt es für nichts eine Gewähr, die selbstverständlichen Dinge müssen erst noch erfunden werden, auch für den Klerus. Hoffen wir nur, dass sich unsere Vermutung als harmloses Pflänzchen erweist und nicht über den Vorgarten persönlicher Besorgnis hinauswächst.«

»Das Böse hat viele Gesellschafter«, fügt Alexander hinzu,»würden wir dazu verpflichtet sein, nur Annehmlichkeiten zu verbreiten, dürfte es verdammt still um uns werden. Diese Stadt erstickt in ihren Mauern, und wenn sie nicht wie ein Stein auf der Zunge liegt, spürt man ihren Würgegriff.«

»Einer der wenigen Orte, die mich noch zuversichtlich stimmen, ist der Kirchgarten«, bestätigt Domenico, »die majestätische Schrift ferner Hügelketten, ihre heitere Klarheit, ehrerbietig und würdevoll. Ein wahrhaft segenvolles Panorama, damals noch als Klosterhimmel beschrieben, einzig dazu angetan, ihn durch Lieder und Gebete zu erschließen. Heute allerdings ist diese Aussicht ein vergessenes Bildnis, eine verkümmerte Perspektive, die niemandes Respekt mehr fordert, die der Apathie und Teilnahmslosigkeit anheim fällt und dem Refugium Seele einen irreparablen Schaden zufügt.«

Alsdann kommt der Pater noch einmal auf Lara zu sprechen, verweist auf die Schwierigkeit, ihrem Wesen gerecht zu werden, und resümiert, dass es nun mehr darauf ankäme, sie in ihrer leidvollen Situation zu begleiten und zu unterstützen, schließlich bewohne sie nicht nur ein fremdes Herz, sie müsse auch dem schier Unmöglichen standhalten, wenngleich sie nicht weniger ohne Sehnsucht wäre und ein Anrecht besäße, geachtet und beschützt zu werden. Mit Unterbreitung dieser Initiative nimmt er Alexander blinzelnd ins Visier und vermutet, dass die Gunst, die ihm ihrerseits gewährt würde, durchaus auch seine Zuneigung geweckt haben könnte. Jedenfalls möchte er dies nicht ausschließen, wie sonst würde es sich erklären, dass er ohne seinen Chihuahua unterwegs sei, wenn nicht andere Attraktivitäten dem Hund den Rang abgelaufen hätten.

Zum Abschluss erhofft Domenico sich von Alexanders Orgelkonzert das erforderliche Taktgefühl, die entsprechende Fingerfertigkeit, und wenn er sich nicht täusche, nebst Applaus und Anerkennung, ein beherztes Rendezvous mit Lara. Ihm persönlich sei ein weitaus gemäßigteres Tempo beschieden. Sein Auftritt bestünde in der dankbaren Untertänigkeit, die Kirche mit frischen Blumen zu bestücken, natürlich in Erwartung, es gelänge ihm, den Herrn zu erfreuen und für die Untugenden dieser Welt gnädig zu stimmen.

Nachdem Alexander eiligen Schrittes die schmalen Gassen der Stadt durchmessen hatte, seine Gedanken nicht minder eingeschnürt, dem schroffen Mauerwerk mittelalterlicher Bauweise zu entkommen, trifft ihn die Stille des Kirchplatzes wie ein Kanonendonner. Plötzlich steht er da, wo das Nichts beginnt und aller Lärm ins Schweigen schlägt, aufgetürmt zu einer riesigen Welle, die jeden Moment über seinem Haupte zusammenzufallen droht.

Aber was immer ihn dazu bewegen könnte, sich heimlich davonzustehlen, es wäre ebenso rücksichtslos wie blasphemisch, dem Meisterstück barocker Orgelkunst seine Dienste zu versagen. Überdies sollte ihm nicht entgehen, dass das Gotteshaus sich bis auf die letzten Bänke hin gefüllt hat und seine Anwesenheit bereits von einem Raunen begleitet ist, einem Flüstern, das auch jede andere Deutung zulässt. Jedenfalls ist Alexander nicht in der Stimmung, diese Kundgebung als Ehrerbietung zu interpretieren.

Außerdem scheint dies nicht der Moment zu sein, seiner bevorstehenden Darbietung einen ernsten Charakter einzuräumen. Dazu fehlt ihm die Erklärung, wieso der Allwissende es zulassen konnte, die besten Plätze an die Geschwister Draculas zu vergeben.

Wirklich kurios, das Einzige, was man in der Dunkelheit erblickt, sind ihre weiß getünchten Gesichter, gespenstische Masken ohne Körper und Gliedmaßen, und möge der Himmel es richten, vielleicht sogar ohne Leben.

Gegenwärtig sieht sich Alexander dem Sog tausender Gräber gegenüber, einer Kälte, wie sie nur dem Reich der Toten nachgesagt wird. Und so knetet er sich durch den Frost seiner Finger, zelebriert, ebenso ungestüm wie drakonisch, seine Fähigkeit zur freien Improvisation und zeigt einmal mehr, dass die Orgel geradezu prädestiniert ist, den Raum für persönliche Inspirationen freizugeben. Operiert mit Klängen, die jedem Schlachtengemälde zur Ehre gereichen könnten, großflächig und ausschweifend, bombastisch und erschütternd, wahnwitzig und elektrisierend, wie geschaffen für die Ohren seiner fernweltlichen Zuhörer, jener flatterhaften Spezies, die jenseits der

Grenzen des Hörens beheimatet ist und den Zustand der Trance als Bedingung ansieht.

Nun könnte man der Auffassung sein, Alexander hätte eine besondere Affinität zu außersinnlichen Wahrnehmungen, zumindest schmälert seine musikalische Interpretation nicht diesen Eindruck. Selten sah man ihn derart emotionsgeladen, kaum eine Passage, die er nicht der Magie unterwirft, sie ans Limit technischer Virtuosität zu führen. Dass er auch mit lieblicheren Tönen umzugehen weiß, ergibt sich, als er Laras Antlitz wahrnimmt. Plötzlich tanzen die Noten wie von Geisterhand bestellt im Licht des Sommerwindes, zaubern Schmetterlinge herbei, die menschliche Seelen zu tragen vermögen, die aus dem Wort Schwermut gefallen sind, um für einen Augenblick der Welt reinstes Gewissen zu sein.

Nach dieser eindrucksvollen Darbietung, die in einer gewaltigen Apotheose mündet, ist nicht zu übersehen, dass einigen Zuhörern die Tränen kullern, derweil es die Grufties am härtesten trifft. Nicht nur, dass die Schminke in ihren Augen brennt, sie zeichnet auf ihren hübschen Wangen Landkarten des Schreckens, möglicherweise genau jenes Bild, das sie nach außen hin zu verkörpern trachten, innerlich aber nie vollzogen haben.

War Alexander bislang der Meinung, seine musikalische Berufung mit Gottesdiensten und Beerdigungszeremonien ausgeschöpft zu haben, müsste er spätestens mit diesem Konzert seine Einstellung revidieren. Andererseits hatte er sein Talent nie über Gebühr strapaziert, sich zuweilen sogar ein wenig dahinter versteckt. Mehr als überrascht und im höchsten Maße begeistert zeigt sich dann auch Lara. Küsst ihm die Blässe aus seinen Wangen, schickt ein paar rosa Wolken der Verlegenheit hinterher und beteuert, von nun an seiner Musik verfallen zu sein, und wenn der Himmel dem absoluten Gehör gegenüber nicht taub sei, auch ein bisschen mehr.

»Das war ein voller Erfolg«, bahnt sich Merlin seinen Weg durch die Menge, »du hast das Feuer süßlich zum Reifen gebracht und deiner dir ansonsten zurückhaltenden Art einen Namen gegeben. Manchmal war ich bereit zu glauben, du spielst um dein Leben. Du hast die Fledermäuse von der Decke geholt, sie von ihrer Lethargie befreit, wenn nicht gar ihnen eine taghelle Nacht beschert.«

»Die Leidenschaft ist das notwenige Instrument, der Wahrheit ein Gesicht zu geben«, stimmt Lara zu, »plötzlich denken und fühlen alle dasselbe, man löst sich von den Polen innerer Kälte und spielt mit. Augenblicklich ist jeder ein Teil des anderen, ein willkommener Gast mit der Verpflichtung, sich von den Sphären der Musik tragen zu lassen.«

Inzwischen befleißigt sich die Initiatorin Carlotta Niesmacher, dem Interpreten der Stunde ihren Glückwunsch darzubringen. Betont, dass sie mehr als beeindruckt sei, wie das Publikum Alexander Levins Konzert aufgenommen hätte. Die Welt der Töne benötige offenkundig keine langen Wege, um die Herzen der Leute zu erreichen. Regt an, der gelungenen Matineevorstellung ein Gläschen Wein nachzuliefern, verweist auf den Stand gegenüber der kleinen Friedhofskapelle und beteuert, dass niemand die Rebsorten verschmähen müsse, der Bischof persönlich sei an deren Auswahl beteiligt gewesen.

»Bei allen Torheiten, die man begehen kann«, unterstreicht Merlin, »ist die Bekanntschaft mit einem guten Riesling die wohl klügste, wenn nicht gar die erfrischendste.«

So übermittelt er Alexander mit einem Kopfnicken, dass es Dinge gäbe, die man unbesehen annehmen könne, registriert das Wohlwollen Laras und konstatiert mit unabdinglicher Geste, dass die Ehre natürlich dem Künstler gelte und dieser wohl nicht anders reagieren könne, als der Einladung zu folgen.

Obgleich Alexander die Askese nicht erfunden hat, zögert er, diese Idee mit Euphorie zu überschütten, wobei der Weg zum Weinausschank sich für ihn bereits wie ein roter Teppich begehen lässt. Kaum jemand, der nicht sein Spiel erwähnt und ihm zur vollendeten Darbietung gratuliert. Vielleicht ist es aber gerade das, was er zu verhindern versuchte. Zuweilen kam er bestens damit klar, im Schatten der Gesellschaft zu stehen, außerdem ging er bislang davon aus, dass er für die Leute stets der Fremde geblieben sei, jemand, der von irgendwoher angereist kam, mit sonderbaren Partituren im Kopf und einer Menge Nichts im Gepäck.

Merlin, der Alexander besser kennt als er sich selbst, erklärt, dass so mancher schon durch die Blödheit der anderen berühmt geworden sei, warum sollte sich das nicht wiederholen. »Selbst wenn dir der Erfolg nicht gerecht erscheinen sollte, der Herr hat dir das Talent zur Musik großzügig zugeteilt und dich nicht vor ein Nadelöhr gestellt. Sei also kein Esel und genieße die kommenden Stunden, wer weiß, was der Tag noch bringen wird.«

Dabei besingt er mit jedem Glas Wein den gelungenen friedhöflichen Event und resümiert, dass durchaus auch alles anders hätte verlaufen können.

Dass er hiermit die Hiobsbotschaft des Totengräbers einläutet, es sei jemand in einem Grab verstorben, entbehrt nicht einer gewissen Ironie. Auch wenn der Eklat zunächst verfehlt scheint und die umherstehenden Leute einen dummen Scherz in Erwägung ziehen, entschließt sich Carlotta Niesmacher, dem vermeintlichen Gerücht auf die Spur zu kommen. Sollte der Leichenbestatter sich nicht geirrt haben, dürfte sie als Veranstalterin unmittelbar gefordert sein, womöglich sogar mit der Konsequenz, das Ende der Festivität zu verkünden.

»Ich will es nicht verteufeln«, meldet sich Lara, »aber das riecht geradezu nach einem Ritualdelikt, gewiss dürfte jeder schon davon gehört haben, dass die Anhänger Draculas sich der Mutprobe unterziehen, lebendig begraben zu werden, natürlich in der Hoffnung, sich zu gegebener Zeit wieder exhumieren zu lassen.«

Eine Aussage, die Merlin dazu animiert, sich ein weiteres Glas Wein zu genehmigen. Schließlich könnte das die Wahrheit sein und die Laune dabei zusehends abhanden kommen.

Kapitel 4

Gegenwärtig ist es der Körper Laras, der im Licht dieser Welt zu ertrinken droht, kaum ein Bereich ihrer Haut, der nicht in Flammen aufgeht, der nicht durchdrungen ist von der Hitze des Tages, einem Sinneslodern, das zur Gefräßigkeit jeglichen Begehrens wird, das tiefste bis wollüstigste Begehrlichkeiten weckt, zuweilen unter dem Vorbehalt, sie hier und sogleich zu vernaschen. Jedenfalls scheint Alexander nicht der Meinung zu sein, Gott hätte ihr bravouröses Bildnis ausschließlich zur Besichtigung preisgegeben. So ertastet er die Geschenke, die ihm der Himmel bislang vorenthielt, umfasst den Äquator ihrer Taille, küsst ihr die Sprachlosigkeit von den Lippen und geht davon aus, dass sich jedes Wort erübrigen dürfte, wenn das Herz bereits seine Zusage erteilt hat.

Lara, die ebenso atemlos wie benommen das Unausweichliche auf sich zukommen sieht, fühlt sich zunehmend der Willenlosigkeit ausgesetzt, geschehen zu lassen, was zu geschehen hat, spürt, dass sie den Halt unter ihren Füßen verliert, wie sich der Boden unter ihr öffnet und sie ins Nirwana des Vergessens stürzt.

Mithin ist es der Moment ohne Gegenwehr, der alle Auswege versperrt und dem hohen Gras ringsum seine Scham anvertraut, der sich nackt und bloßgestellt der ungestümen Bereitschaft Alexanders zuwendet, sich miteinander zu vereinigen, emporzuschießen mit der Kraft unzähliger Geysire und der lustvollen Erfahrung, Laras Weiblichkeit besiegelt zu haben.

Und als dehnten sich ihre Körper über die Grenzen des Alls hinaus, sehen sich beide in eine andere Dimension versetzt, augenblicklich einem Sternenregen ihr gänzliches Glück anvertrauend, einem Ereignis, das alle Pulse sprengt, das einander verwoben sein will, um nichts unberücksichtigt zu lassen, das im Auf und Ab der Begierde alle Fasern der Liebe erfasst, sich in einem Lavastrom ergießt, jede Mulde des Seins erobernd und jedes Versteck, letztendlich um das ganze Universum zu erschließen, es in vollständiger Auflösung zu sehen, körperverschmelzend und seelennah.

Inzwischen entbietet Lara ihre gänzlichen Reize fast schon ein bisschen provozierend, so als wollte sie in die Welt hineinschreien, was ihr die Liebe wert ist und die Leidenschaft eingebracht hat. Zuweilen posiert sie gleich einer römischen Göttin auf dem Sockel totaler Hingabe, mit steil gemeißelten Brüsten und marmorgefestigten Schenkeln, mit einer Figürlichkeit, die allen Ansprüchen gewachsen ist und auch ansonsten keine Wünsche offen lässt.

Zumindest würde Alexander, der immer noch unter dem Eindruck steht, das Tor des Firmaments aufgestoßen zu haben, keine andere Deutung zulassen. So gelingt es ihnen, einen Raum zu betreten, der ohne Zeit ist, der seine Wirklichkeit einer höheren Instanz verdankt, die vor der Welle des Geschehens Erkenntnis übt, vielleicht sogar mit einem Hauch von Ewigkeit.

Spätestens ab heute müsste sich die Frage auftun, wie viel Romantik verträgt die hiesige Gesellschaft, und wie viel Zorn wäre nötig, der himmlischen Schmiede inniger Verbundenheit das Handwerk zu legen? Die Antwort dürfte nicht lange auf sich warten lassen, einer wird immer da sein, der sich vernachlässigt und betrogen fühlt, dem die Gunst verwehrt bleibt, an den schönen Dingen zu partizipieren. Irgendwen glücklich zu sehen, ist für die meisten der willkommenste Anlass, ihn durch Missachtung und Hochmut zu strafen.

All das könnte dem frisch verliebten Paar widerfahren. Diese Stadt ist eine Schildkröte, der nichts unter die Haut geht, ihr sich aber alles in den Weg stellt. Emotionen und Gefühle sind Investitionen, die nichts einbringen und bereits von daher geahndet werden. Wollte man den Leuten eine symbolträchtige

Geste unterstellen, bestünde sie in einer wegwerfenden Handbewegung.

Dennoch sollte es das Gebot der Stunde sein, sich mit gefälligeren Themen zu beschäftigen. Der positiv Denkende nützt seine Chancen auf Dauer entschieden besser als der Skeptiker. Ferner dürften beide in Kenntnis gebracht haben, was das Leben wert ist, das man miteinander teilt, wenn die Wahrhaftigkeit des Seins zum Flüsterton der Liebe wird, wenn bereits ein Kuss genügt, um alle Fragen in schweigende Gewissheit aufzulösen.

Die kommenden Tage leiden unter der Hitze des Jahres, sie sind aggressiv bestellt und verfügen über das Potential, sie gleich einem jaulenden Hund durch die leeren Straßen zu treiben. Und wenn es nicht gerade die harmloseste aller Kreaturen ist, dann vielleicht die ungekämmte Erscheinung Merlins, jemand, der es gewohnt ist, seine Freunde um einen Schoppen Wein zu erleichtern. Aber wie fast alles, das der Verdrossenheit des Wetters verfallen ist, bittet er Alexander um ein Glas Wasser.

»Der Urgrund eines Charakters«, so Alexander, »besteht oftmals in der Bescheidenheit, sich mit Selters zu begnügen, falls der Sekt nicht kalt genug serviert werden kann. Vielleicht möchtest du aber auch bis zur Inkonsequenz nüchtern bleiben oder du hast, ohne es zu wissen, eine bittere Pille zu schlucken.«

»So etwas Ähnliches wird es wohl sein«, erwidert Merlin, »nur komplizierter und entschieden spektakulärer. Um es verbal zu bereinigen, mir fiel beim Durchforsten der Stadtbibliothek das Buch *Stadt der Fledermäuse* in die Hände, zunächst nichts Ungewöhnliches, jedenfalls bis zu dem Moment, da mir gewisse Details bekannt vorkamen, zuweilen derart aufschlussreich, dass ich zurückschreckte, mein persönliches Ende darin besiegelt zu sehen, wenn nicht sogar unser aller Schicksal. Die eigentliche Überraschung allerdings bestand in der Verwegenheit, dass der Autor kein geringerer war als Alexander Levin. Wahnsinn oder Wirklichkeit, zumindest lässt sich dies mit einem Zufall nicht erklären.«

»Wenn ich es nicht besser wüsste«, ermittelt Alexander, »würde ich annehmen, du seiest vom Glauben abgefallen, hättest eine Schwarze Messe besucht oder wärst auf geheimnisvolle Weise um deinen Verstand betrogen worden.«

»Ziemlich grotesk«, so Lara, »entweder wir befinden uns in einer Zeitschleife, sind gar nicht an dem Ort, wo wir sein sollten, oder irgendwer kennt uns besser als wir selbst.«

»Die andere Möglichkeit wäre«, zeigt sich Alexander bemüht, die Fassung zu bewahren, »dass wir den Kreis der Kreise betreten haben, einen Raum, der alles Geschehen voraushat, der nichts verschickt, was nicht wieder zurückkehrt, irgendwann und auf irgendeine Art.«

Hiernach bittet er seinen Schmetterling, den besten Wein des Hauses ausfindig zu machen und meint, dass man dem Phänomen schon beikommen sollte, jede verkehrte Theorie sei besser als die richtige in falschen Händen. Insofern müsse man die Lektüre aus dem Verkehr ziehen, bevor sie weiterhin Furore macht.

»Es sei«, empfiehlt sich Lara, »Merlin hätte eine Erscheinung gehabt, oder ist einem Déja-vu aufgesessen. Wer dem Perpetuum mobile eine Chance gibt, dürfte phantasievoll genug sein, Dinge zu sehen, die nicht existieren.«

»Wenn das lustig sein soll, hätte ich es gleich mit einem Scherz versuchen können«, echauffiert sich Merlin, »bedauerlicherweise aber ist es die Wahrheit und keine Fata Morgana, offenbar knüpfen wir Erwartungen an unser Leben, die sich längst erfüllt haben, wir müssen sie nur noch erkennen und austragen.«

»Gewiss wäre es überholt anzunehmen, wir hätten einen freien Willen und könnten uns beliebig entscheiden, wahrscheinlich ist es sogar genau das, was die Welt nicht vorgesehen hat«, schließt Lara auf, »falls unser Dasein nicht schon an sich eine

Illusion verkörpert, ein Phantasiegebilde, bestehend aus Chimären, Trugbildern und Luftschlössern.«

»Wir waren schon immer dazu angehalten, uns zu rechtfertigen und zu realisieren«, erwidert Alexander. »Jene, die im Glauben sind, sie hätten etwas Greifbares in der Hand, müssen sich irgendwann eingestehen, dass sie etwas übersehen haben. Das Leben ist ein Irrläufer des Geistes, eventuell noch ein Gespenst, bestimmt aber kein Garant für Wahrhaftigkeit.«

»Ich vermute«, übernimmt Lara, »dass unser Bewusstsein ohne Überraschungen nicht auskommt. Es scheint mit den Prinzipien eines Möbius-Bandes ausgestattet zu sein, mit einer Menge Verstrickungen und der Wahrscheinlichkeit, dass die Endgültigkeit des Denkens nicht vorgesehen ist. Das, was wir wahrnehmen, entspringt womöglich einem universellen Traum, warum nicht auch irgendwelchen Zeilen aus irgendeinem arglistig verfassten Buch? Offenkundig gibt es Erscheinungen, die dem Geschehen vorauseilen, Gedanken, die außerhalb der Zeit beheimatet sind und darauf warten, ans Licht geführt zu werden.«

»Dennoch beantwortet es nicht die Frage«, so Merlin, »worin die Absicht bestand, dieses Werk zu verfassen, oder, wie sich der Name Alexander Levin darin etablieren konnte.«

»Wir werden den Täter ausfindig machen«, versichert Alexander, »und er wird sich nicht damit herausreden können, dass die Welt dieses Buch seit Urzeiten vorgesehen hätte.«

»Da wäre ich mir nicht so sicher«, resümiert Lara, »viele Menschen haben das Gefühl, dass sie von einem verborgenen Schicksal regiert werden, eventuell auch einer höheren Instanz, einfach so aus dem Urgrund allen Seins gekeimt. «

Eine Erklärung, die dazu einlädt, sie mit einem Glas Wein zu bekräftigen. Jedenfalls ist Merlin bereit diese Aussage als Argument gelten zu lassen, Lara als gelungene Ausrede und Alexander als willkommene Geste, nicht tiefer in die Sache verstrickt zu werden.

Dass dies ein Wunschtraum bleiben sollte, erfährt Alexander Tage später bei einem Spaziergang um die alten Gemäuer des Klosters, als er Domenico begegnet, der mit einer Harke bewaffnet, jedes bisschen Unkraut zu vernichten trachtet, obgleich er als Jünger Christi wissen müsste, dass der Herr keine minderwertigen Gewächse ins Licht stellt.

Aber das nur zu Domenicos persönlichen Gewissensnöten, seine Laune ist ungleich problematischerer Natur. So scheint seine Mimik zu verraten, dass die wahren Kümmernisse dieser Welt auf zwei Beinen stehen und sich bisweilen jeder Verwurzelung entziehen. Zumindest möchte Domenico das so sehen, als er Alexander dabei ertappt, dass dieser seine frisch gekämmten Beete mit mächtigen Latschen durchtrampelt.

Und als hätte seine ansonsten milde Seele sich einen Moskito eingefangen, summt ihm die Idee, Merlin als Trottel der Nation zu beschimpfen, auch wenn der Begriff Nation in dieser abgeschiedenen Enklave eher als Hohn gedacht, denn als Hinweis gemeint sein könnte. So nervt ihn, dass der professorale Schädel das Buch *Stadt der Fledermäuse* als Meisterwerk der Vorsehung und Erleuchtung betrachtet.

»Dass Merlin hierbei die Bibel außer Acht lässt, ist die eine Sache«, wertet Domenico, »wesentlich einfältiger erscheint mir da schon seine Annahme, er hätte in das Räderwerk der Fügung Einblick genommen, sei beim Namen gerufen worden und mit Begebenheiten ins Gespräch gekommen, die vor der Zeit datiert waren und bis dato niemand wissen konnte. Da muss man sich schon fragen, mit wem kommuniziert der hiesige Kantor und Maestro göttlicher Töne? Dabei dachte ich, du schwebtest bereits im Siebten Himmel, du hättest den alles umfassenden Akkord des Bewusstseins zwischenzeitlich in Lara umgetauft und ließest dich auf rosa Wolken tragen, zumindest solange sie in der Gunst stehen, euch in Liebe zu betten. Irgendwann und noch früh genug werden sie wieder abregnen, dann vielleicht in Kenntnis dessen, dass diese Chance nirgendwo geschrieben stand und es dennoch die Wahrheit ist. Offenkundig aber reichen Talent und Zuneigung nicht aus, um einen gescheiten Menschen daraus entstehen zu lassen.« Verweist auf die nebelverhangene Bergkette unweit des Horizonts und resümiert, dass er in ihr die Schrift Gottes erkannte, und sie für ihn stets ein verlässlicher Ratgeber war. Folglich wäre es für sie beide ein guter Gedanke, schon bald einen Ausflug dorthin zu wagen.»Wer die schönen Dinge übersieht und vernachlässigt, wird sich schon bald wieder mit den hässlichen zufrieden geben müssen.«

Einstweilen ist es ein klappriger, mit harten Sitzbänken ausgestatteter Omnibus, dem sich Lara und Alexander anvertrauen, natürlich immer noch in Liebe entbrannt, fast schon ein bisschen bedingungslos, und wenn man hinzufügen möchte, nicht ohne den Segen Domenicos. Auch wenn beide sich diesen Ausflug vorgenommen haben, kommt er doch eher zufällig zustande. Man sichtet einen Fahrer, der über das Lenkrad gebeugt vor sich hindöst, befragt ihn, wohin die Reise geht, und erhält ebenso unwirsch wie verunsichert die Antwort:»Natürlich nach draußen, irgendwo dorthin, wo die Zäune beginnen und die Rindviecher zu Hause sind.«

Derweil herauszuhören ist, dass jede Richtung gemeint sein könnte, wenn sie nur geradeaus führt und nicht schon vor den Wehrmauern endet. Überdies wäre es müßig zu glauben, er hätte weitere Gäste in Aussicht gestellt, das Bedürfnis hiesiger Bewohner, die Welt außerhalb dieser Stadt kennenzulernen, sei geradezu utopisch, wenn nicht sogar die Ausgeburt des Frevels.

Als dann der Oldtimer Namens Bruno im Schneckentempo das Kopfsteinpflaster aufrollt, Nieten und Schrauben ihrem Ableben entgegenklingeln, beschleicht die beiden urplötzlich das Gefühl, einem Seelenverkäufer ihre Gesundheit anvertraut zu haben, einem rostzerfressenen Vehikel, das im besten Sinne des Wortes mit der letzten Ölung unterwegs ist.

Wenige Zeit später, nachdem sie die mittelalterliche Festung über eine ihrer wehrhaften, äußerst robusten Zugbrücken verlassen haben, verschwistert sich die Landschaft mit der heiteren

Klarheit entfernt liegender Höhenzüge, derweil die verdorrten, nie wieder kultivierten Felder unmittelbar vor den Toren den harten Glanz der Schwerter erahnen lassen, mit denen sie den Tod bestellten und die Gräber aushoben. Inzwischen allerdings und aus welchen Gründen auch immer, nimmt der Bus zusehends Fahrt auf. Nicht zu übersehen der ockerfarbene Sand, den er hinter sich aufwirbelt, fast schon ein bisschen vom Flair eines Raketenantriebs, eine Schleppe, die kilometerlang ausgelegt ist und jedes Himmelsgeschoss in den Schatten stellt. Wenn man berücksichtigt, dass es eigentlich um nichts geht, Zeit und Raum für den Kutschierenden wahrscheinlich eh nur pure Illusion ist, könnte man dem Gedanken verfallen, er hätte es darauf angelegt, seine Gäste ins Zentrum der Milchstraße zu verschicken. Zumindest hat die Sonne angesichts einer Ziegenherde, die dem Vehikel vorauseilt, ihr Lächeln beiseite gelegt und kriecht, wenn überhaupt noch zu sehen, wie ein Gespenst an den Seitenscheiben entlang.

Aber für jemanden, der nichts in Erwartung stellt und womöglich auch nie etwas anderes im Sinn hatte, scheint dies die willkommenste Gelegenheit, sich im Blindflug zu beweisen. Dass allerdings eine knorrige Eiche, abseits des Weges gekeimt, die Insassen der Blechbüchse von hier auf jetzt mit gänzlich anderen Tatsachen versorgt, dürfte den unfreiwillig berufenen Astronauten als Ernüchterung gereichen. Jedenfalls müsste der Fahrer sich eingestehen, dass er besser beraten gewesen wäre, den vorausgegangenen Karrenspuren den Vorzug einzuräumen. Nun jedoch ist es eine hämisch blökende Herde, die ihren gehörnten Verstand dazu einbringt, dem Gefährt einen Besuch abzustatten, indes die verstörten Ausflügler sich der Eile bedienen, das schnaubende Ungestüm so schnell wie möglich zu verlassen. Aber so ist das mit den vermeintlichen Herrschern, die eigentlichen gehen und die wahren kommen.

Sicherlich dürfte mit dieser aufdringlichen und geruchsintensiven Erstürmung jegliches Hausrecht besiegelt sein. Gegenwärtig allerdings besinnt sich der vernachlässigte Chihuahua, mit keifendem Gebell und spukhaftem Erscheinungsbild, den hundsgemeinen Okkupanten einen gehörigen Schrecken einzujagen. Und was diesem mit einem Satz aus der Tasche gelingt, besorgen die verdutzten Viecher mit artistischen Luftsprüngen, panikartigen Attacken und einer Fülle selbstloser Überschläge, fast schon im Benehmen, sich für den Zirkus zu qualifizieren. Und wer möchte es ihnen schon verdenken, wer sich hässlicher machen kann als eine Fledermaus, ist beinahe schon aussätzig.

Zusehends und nicht unerwartet ist es dann die Hitze der ausgehungerten Gegend, die sich über das gestrandete Terzett hermacht. Nicht zu verachten die Sturzflüge ungebremster Hornissen, jene Geschwader von Stechfliegen und Mücken und alles andere, was Dung und Mist zum Vorschein bringt.

»Diese Region scheint bedingungslos vergeben zu sein«, bescheinigt Alexander, »wenn nicht gar rettungslos verseucht. Insofern ist jedes Angebot, den Ort so schnell wie möglich zu verlassen, eine gute Prophezeiung. Wollte man also nicht im Gestank ersticken, müsste man im gleißenden Licht ertrinken, die Alternative ist so oder so gleichsam belämmert.«

Aber wie abweisend sich diese Welt ringsum auch präsentiert, für Bruno ist sie nicht Hölle genug, um sein Gefährt der Einöde zu überlassen. So macht er sich daran, den Motor auf irgendwelche Reflexe hin abzuklopfen und nimmt in Kauf, dass seine Horchlappen bis auf die Länge eines Bassetts durchgeglüht werden. Insofern gibt es wohl nichts, was ihn von seinem Vorhaben abbringen könnte.

Entsprechend beschließen Lara und Alexander, ihr Glück unter die Füße zu bringen, mit der Option, sie mögen sie so weit tragen wie nötig und so blasenfrei wie erforderlich. Das Einzige, was sie unmissverständlich zurücklassen, ist das Versprechen an Bruno ihn auszulösen, falls es ihnen vergönnt sein sollte, vor ihm die Stadt zu erreichen.

»Stell dir vor«, findet Lara zur gewohnten Heiterkeit zurück, »er bringt das schnaubende Ungeheuer wieder zum Laufen, dein dummes Gesicht möchte ich sehen.«

»Man sollte ihn in der Tat nicht unterschätzen«, lächelt Alexander, »er zählt zu den Leuten, die nichts unversucht lassen, sich und anderen zu schaden, insofern wäre nicht auszuschließen, dass er den Schrotthaufen wieder zusammenflickt. In den Händen eines Fanatikers wird die Technik zu einem wundersamen Werk der Vorsehung.«

Als Stunden mühsamen Weges ins Land gegangen sind, die klebrige Substanz des Lichts gleich einer hartnäckigen Paste ihre Körper einschminkt, gibt sich Lara der lasziven Vision hin, nackt und mit ausgebreiteten Armen unter einer Dusche zu stehen. Dass sie mit dieser heimlichen Geste den Segen des Himmels beschwört, erweist sich wenig später beim Anblick eines vor sich hin plätschernden Flusses. Oder wie Alexander es zu deuten versucht, es müssten schon die Götter sein, die dem Zufall nachgeholfen haben, natürlich in Kenntnis ihrer luxuriösen Figürlichkeit und der sündhaften Neigung, sie hier und nirgendwo anders mit der Kühle des Wassers zu verwöhnen.

Und es ist eine Menge mehr, was die Wabe der Sonne ausschleudert. Wenn Alexander mal gerade nicht Baumstümpfe mit Gespenstern verwechselt, plagt ihn der Gedanke, wie es ihm gelingen könnte, Lara davon abzuhalten, sich unverhüllt ins Wasser zu begeben, soviel Weiblichkeit auf einmal ließe sich nur mit einer gewissen Zurückhaltung verantworten.

Inwieweit Lara diese Meinung allerdings teilt, ist hier weder ersichtlich noch gefragt. Sie genießt es, die Fluten mit ihrer gänzlichen Blöße um sich zu verteilen.

Nun könnte man ketzerisch bemerken, die Pfeile Amors hätten nicht nur sein Herz durchwirbelt, sondern auch seinen Hormonspiegel. Etwas zu vereiteln, auf das man im Grunde nicht verzichten möchte, ist ebenso töricht wie anmaßend.

Aber das wird wohl die Zeit richten müssen, gewiss nicht heute, und was morgen ist, steht augenblicklich nicht auf der Rechnung. Gegenwärtig entgleitet sie ihnen schneller, als sie ihr noch hinterherkommen könnten. So unscheinbar zunächst die Fäden der Dämmerung, so unabdinglich ihre Vermehrung, plötzlich steht außer Frage, dass sie damit den Horizont verhüllen und den Tag einziehen werden. Der Schrei des Bussards lässt erahnen, dass er seine letzte Beute schlagen wird. Irgendwo hier, nahe dem Fluss, wo einiges mehr in Aufruhr gerät und die eben noch sanft ruhenden Schatten wie Spukgestalten aus dem Boden schießen.

»Es gibt drei Methoden sich zu ängstigen«, mutmaßt Lara, »man nimmt sprachlos hin, was man versäumt oder nicht beachtet hat, akzeptiert die Schussligkeiten der vergangenen Stunden und knüpft vor Ort das Netz der Nacht, oder man ignoriert ganz einfach, dass es dunkel werden könnte und erhofft sich von den stacheldrahtgehärteten Brombeerranken, sie mögen ihre penetrante Anhänglichkeit erst recht auf ungebetene Gäste übertragen.«

Erstaunlicherweise sollte sich noch eine weitere Option hinzugesellen, zuweilen mit den schemenhaften Konturen eines Fischerbootes, eingefangen zwischen Schilf und Gestrüpp, kaum sichtbar und äußerst versteckt, oder wie Alexander es deutet, eigens für sie aufgehoben.

Für Lara, die mit Luftsprüngen jede Vision von sich abschüttelt, der absolute Beweis dafür, dass den Dummen das Glück zur Seite steht. Auch wenn ihr diese Eigenschaft bislang fremd war, sei sie von nun an willens, jenen Makel bedenkenlos in ihr Repertoire aufzunehmen.

Sammelt Hund und Kekse ein, verwettet ihr hübsches Haupt, dass der gewichtige Kahn nur stromabwärts zu bewegen sei, besetzt das nicht vorhandene Ruder und versichert, dass das Schicksal ihnen auch weiterhin treu bleiben werde und der Fluss nur vollzöge, was längst beschlossene Sache sei.

Einstweilen ist es dann der Mond, der gegen die Finsternis anleuchtet. Kaum größer als eine Scherbe gelingt es ihm, die Oberfläche des Wassers in ein Heer silberner Reiter zu verwandeln, wie man hoffen möchte, gegen die Stadt der Fledermäuse, gegen Zwangsneurosen und Kerkermauern.

Kapitel 5

Der kommende Morgen ufert für die beiden Ausflügler in einem schwer zugänglichen Alphabet, kaum dazu angetan, ihn mit einer heiteren Antwort zu beseelen. Dennoch wäre zu vermerken, dass das Boot seine nächtliche Reise ohne anzuecken und zu straucheln überstand und dass der Gott der Vorsehung sie unbemerkt in den Wehrgraben der hiesigen Festungsanlage zurückbeförderte, möchte man Lara Gehör schenken, zurück in die Geschichte des Alltags, dorthin, wo Zeit und Raum vielerlei Illusionen gewährleisten, vor allem solche, die mit blutigen Kiemen und eisigen Augen die Wasseroberfläche besiedeln und der Gewissheit beiwohnen, sich keinen Deut fortbewegt zu haben.

Und was nicht in Rauch und Nebel aufgeht, ertrinkt in einer übel riechenden, schlammigen Brühe, derweil das Stadttor diesem Gestank die Kehle nachliefert, möglicherweise auch ein gefräßiges Haifischmaul, ein alles verschlingendes Ungeheuer, das darauf wartet, jedem Ankömmling den Garaus zu bereiten.

Dies nur als Intrade gedacht, ein weiteres Geruchsfähnchen ließe sich problemlos hinzufügen. Wer erwartet hätte, dass der schrottreife Bus seinen Geist der Ackerkrume überließ, sieht sich enttäuscht oder eines Besseren belehrt. Total entstellt und mit nichts vergleichbar, kriecht das Ungetüm über den glitschigen Asphalt, indes eine quakende Horde verschreckter Enten der Nacht ein Ende setzt.

»Wir sollten die Logik neu bewerten«, bewahrt sich Lara ihren Humor, »ein Oldtimer der Flügel bekommt, was für ein Anblick, eventuell dokumentiert er sein Ableben und behält sich die Reise zu den Göttern vor. Ich denke, es wird höchste

Zeit, unsere Ansichten zu ändern, bisweilen stellen wir Hirngespinste infrage, die offenkundig ganz normal sind.«

»Im Kreißsaal unseres Bewusstseins ist alles möglich«, lenkt Alexander ein, »selbst das Unmögliche. Wer glaubt, die Welt habe nur Erklärungen vorgesehen, kennt weder sich selbst, noch die Allmacht des Herrn. Geben wir uns also damit zufrieden, dass die Wahrheit etwas von allem ist, ein jungfräulicher Morgen, der mit Ohrfeigen geweckt werden will.«

»Ich nehme an«, übersetzt Lara, »du haderst mit den Glocken der Frühmesse und bist nicht unbedingt in der Laune, dich in ihre Seile zu hängen, der heutige Tag wird noch früh genug in den Alltag abwandern.«

»Das könnte zutreffen«, überlegt Alexander, »mir fehlt ganz einfach die Lust, der scheinheiligen Gemeinde meine Pünktlichkeit anzubieten, was bei ihr überspringt, gereicht nicht, um sie mit kunstvollen Klängen zu verwöhnen. Gott wird wissen, wann ich ihm meine Kündigung ins Haus schicke. Jetzt, da wir die Berge gesehen haben, hinter denen wir verschwinden können, sollten wir einen geeigneten Plan schmieden und der Verdrießlichkeit unseren Rücken zukehren. Der Himmel vermag keine Gnade zu erfüllen, die nicht in unserer Absicht liegt.«

Im Hinblick dieser Erwartung und in Aussicht, ihrer gemeinsamen Zukunft irgendwann ein besseres Angebot zu machen zu, entschließen beide sich, dem aufkeimenden Morgen ihr Wohlwollen darzutun - gegenwärtig in einem Gartenbistro, wo Licht und Blattwerk zueinanderfinden und sich mit dem Duft von Kaffee und Croissants vermählen. Nichts ist umsonst, wenn man der Überzeugung beiwohnt, verliebt zu sein, sich erwartungsvoll in die Augen schauen kann und das Geschehen ringsum ins Abseits stellt.

Sicherlich wird die Frage bleiben, wie es ihnen gelingen könnte, den passenden Schlussakkord zu setzen. Dieser Ort scheint von der Außenwelt abgeschnitten zu sein, falls das Terrain, auf dem sie zurzeit verweilen, überhaupt auf einer Landkarte verzeichnet ist. Zumindest sind sie nicht bereit, so lange zu warten, bis ihnen das Jüngste Gericht dämmert. Selbst wenn dies angesichts der Priesterschaft, die an ihnen vorbeirauscht, durchaus zur Vorsehung gereichen könnte.

»Wie klein doch die Welt sein kann«, gesteht Lara, »wenn es darum geht, Leuten zu begegnen, die man nicht mag.«

»Ich fürchte«, so Alexander, »es gibt hierfür plausible Gründe, man muss sie sich nur ins Gedächtnis rufen. Die Ackerkrume der Seele ist nicht frei von eingebuddelten Schreckgespenstern. Plötzlich stehen sie vor uns, wie aus dem Nichts geholt, halluzinationsträchtig und Furcht einflößend, irgendwann und unvermutet, so als hätte der Teufel sie über Nacht ins Licht gestellt. Oftmals ist es aber auch nur die Angst vor der Angst, etwas, das unser Bewusstsein einschränkt, vielleicht ein traumatisches Ereignis, das darauf wartet, dechiffriert und aufgedeckt zu werden.«

»Du denkst an meine Organtransplantation und vermutest, dass sich mit der Verpflanzung des fremden Herzens unliebsame Erinnerungen eingeschlichen haben, eventuell sogar solche, die der Spenderin zum Gräuel gereichten und nunmehr in mir ihr Unwesen treiben.«

»Wenn ich es philosophisch auswerten möchte«, übernimmt Alexander, »dann ist der Tod nicht das Ende unserer persönlichen Biografie und in diesem besonderen Fall, vielleicht sogar der Anfang eines kriminalistischen Nachspiels.«

»Ich sollte gewarnt sein«, bescheinigt Lara, »tatsächlich passiert es, dass ich von Albträumen heimgesucht werde, von höllischen Zerrbildern, die sich gleich einem Heer von Kraken an meinem Körper festsaugen, meine Empfindungen entwurzeln und zusehends leerplündern. Unglücklicherweise gelingt es mir jedoch nie, mich dieser Visionen näher zu versichern. Sie verziehen sich, wie sie gekommen sind, hinter eisigen Nebelwänden, kaum dazu angetan, sie im Detail zu erfassen. Das Einzige, was ich weiß, ist der Umstand, dass diese Ängste erstmalig nach meiner Operation in Erscheinung traten. Folglich liegst du mit deinen Vermutungen im Bereich des Denkbaren. Mein

Gott, wenn das die Wahrheit ist und der Himmel keine andere Erklärung vorgesehen hat, könnte ich mich dem Sperrmüll zugesellen.«

Alexander, der sichtlich betroffen nach einer adäquaten Antwort ringt, schlägt vor, die Schwärze des Kaffees mit einem Cognac zu verdünnen und zeigt sich zuversichtlich, die mutmaßlichen Parasiten alsbald schon aus dem Baum der Erkenntnis zu schütteln.

»Es ist schon einigermaßen schockierend«, resümiert Lara, »dass der Mensch ausgerechnet am Menschen leidet, überwiegend durch ihn, und, was wohl nicht von der Hand zu weisen ist, auch mit ihm.«

Blickt in den geöffneten Himmel, lauscht den windschnellen Schreien der Möwen und bringt zum Ausdruck, dass wenigstens ihnen der Atem geblieben sei. »Vielleicht sollten wir ihrer Einladung folgen und den Flug mit ihnen aufnehmen, ein besseres Omen steht uns gegenwärtig nicht zur Verfügung.«

Natürlich wäre dies der Augenblick, die Koffer zu packen, möglichst ohne größeres Aufheben und, was noch denkbar wäre, für immer und alle Zeiten.

Aber wie die Dinge liegen, das Hier-und-Jetzt ist kein Garant, dass nichts mehr geht; allegorisch bemustert, augenblicklich in Gestalt Brunos, der ebenso selbstverständlich wie erschöpft ihre Mitte aufsucht. Und als behielte er sich das Recht vor, eingeladen zu sein, bedankt er sich für den Cognac, der scheinbar verwaist den Rand des Tisches säumt, schickt den Rest des Staubes gurgelnd durch die Kehle und beschwört mit zusammengekniffenen Augen, dass er sich nicht erinnern könne, schon einmal von Ziegen ins Bockshorn gejagt worden zu sein.

»Da liegt es doch nahe, wer die anderen Ziegen sind«, erwidert Lara, »bestimmt waren es die Frauen, die Hübschen und Schönen, sie sind nicht minder bockig.«

»Oder auch raffiniert«, lächelt Bruno, »damals, da die Stadt noch vom Duft femininer Parfüms getragen wurde und die Beine länger waren, als die Straßen, auf denen sie stolzierten, gab es nichts, worüber man sich hätte aufregen müssen, vielleicht noch über sich selbst, wenn man entweder zu eitel oder zu engstirnig war, sich diesen huldvollen Anblick entgehen zu lassen.

Es war die Ära, als ich noch meiner Kanzlei nachging, und die Münzen des Verdienstes in meinen Taschen wahre Sinfonien der Begeisterung klimperten, als die Welt sich noch hoch geschlitzt präsentierte, Glamour und Terrassenpartys zur gesellschaftlichen Verpflichtung gehörten, zu einer Zeit, da Swing und Popmusik den Takt bestimmten und so mancher Song sich andächtiger vermitteln ließ als jegliches Gebet; damals, da mir die Klienten noch die Bude einrannten und ich mit Recht und Ordnung noch ins Geschäft kommen konnte.«

»Nun aber ist alles ins Gegenteil umgeschlagen«, beklagt Alexander, »ähnlich dem Leben in einem Aquarium: Wenn man es überfüttert, läuft man Gefahr, es zu vergiften.«

»Was wirklich passiert ist«, so die Antwort, »lässt sich nicht eindeutig nachvollziehen. Möglicherweise war es auch ein Komet des Unheils, der die Stadt in die Finsternis fallen ließ, oder ein Schwarzes Loch mit der höllischen Intention, die Seelen der Menschen ins Reich der Schatten zu ziehen.«

»Man kann nichts ausschließen«, ermittelt Lara, »jedenfalls wäre es müßig, etwas verteidigen zu wollen, das auf dem besten Wege ist, sich selbst zu richten.«

»Ich hoffe«, so der busfahrende Jurist, »dass man auch gegen seinen Willen noch hinzulernen kann. Zwischenzeitlich bewohnte ich ein Einmachglas, versuchte mit dem Blick eines Wetterfrosches die Welt zurechtzubiegen, ähnlich einem Kaleidoskop, das um die Ecke sieht und auf der Strecke verloren geht. Irgendwann im Orbit dieser Wahnwitzigkeit, pries ich die Kunst der Mechanik als die göttlichste aller Geschicklichkeiten. Ich fragte mich, was mir das Leben noch bedeutet, und was der morgige Tag bringen könnte. Plötzlich schien alles verloren, ich fühlte mich ebenso verletzt wie ausgestoßen.«

»Nun jedoch steht das Vehikel Dasein wieder zur Reparatur an«, übersetzt Lara, »natürlich in der Hoffnung, dass die Finger es abermals richten werden und das Gewissen mitspielt. Sie werden dem Licht runderneuert entgegenreisen, die verkrusteten Wunden der Chausseen hinter sich lassen und dem Herrn öliger Getriebe und allmächtiger Bremsen Ihren Dank anbieten.«

»Und wir werden abermals dabei sein«, vertieft Alexander, »dann vielleicht mit der außergewöhnlichen Offerte, den bebenden Sound Ihres Oldtimers über die Berge zu tragen, dorthin, wo die Lärchen die Täler besingen und der Horizont die Wände beiseite schiebt, die uns zuweilen so unerbittlich gefangen halten.«

»Das ist leichter gesagt als getan«, unterbreitet der Besitzer der autorisierten Freiheit seine Bedenken, »nicht nur, dass diese Gegend inkompatibel ist, ich persönlich habe noch eine Rechnung offen, die es zu begleichen gilt.«

»Wenn ich raten sollte, sind Sie entweder betrogen, belogen oder geprellt worden«, vermutet Lara, wobei ihr entsprechend seiner düsteren Mimik nicht entgeht, dass auch alles zusammentreffen dürfte, falls nicht sogar entschieden Schlimmeres. Das, was ihnen anschließend zu Ohren kommt, übertrifft jegliches Vorstellungsvermögen. So erfahren sie, dass seine Frau bei der Geburt ihrer Tochter verstarb und sein über alles geliebtes Kind im heranwachsenden Alter von bisher unbekannten Tätern geschändet und ermordet wurde. Ein Zeugnis, das ihnen augenblicklich die Sprache nimmt, das alles bisher Erdenkliche in den Schatten stellt und zum Würgegriff ihrer Gedanken wird.

Gewiss hätte es schonendere Möglichkeiten gegeben, jemanden zu einem derartigen Geständnis zu bewegen. Aber wie die meisten Tragödien dazu ausersehen sind, ernst genommen zu werden, geschieht dann auch alles, womit man sich unbeliebt macht. Tiefsinniger formuliert, Laras unseliges Talent zur Neugier scheint ein Garant für Tränen und Betroffenheit zu sein.

Nun könnten natürlich auch andere Eingebungen mitgespielt haben, zumindest ließe sich eine zeitliche Verbindung bezüglich des Schicksals seiner Tochter und Laras Organtransplantation herstellen, wenn auch höchst theoretisch, fast schon ein bisschen spekulativ.

Alexander, der seinen geistigen Notenkoffer mit Fassungslosigkeiten zugestopft hat, findet als erster die Sprache wieder. Nicht nur, dass er willens ist, genau diese Eventualität in Betracht zu ziehen, er geht auch davon aus, dass Lara sich der gleichen Partitur besinnt und ihre weiß Gott geradeaus bestellten Anmerkungen freimütig und bedenkenlos zur Disposition stellen wird.

Womit er allerdings nicht rechnet, ist, dass Lara den geplagten Gast umarmt, ihm einen Kuss auf die Wange drückt und im Hinblick ihres wiedererlangten Lebens zu verstehen gibt, dass er von nun an auf eine halbwegs neue Tochter zurückgreifen könne. Schließlich existiere sie nur aufgrund jenes Herzens, das sie seinem Kind Naomi zu verdanken hätte. Kürt sich als frisch gebackenes Familienmitglied und versichert, von nun an nicht nur mit ihm verwandt, sondern auch geistig verbunden zu sein.

»Die menschliche Seele lässt sich ohne den Körper, den sie bewohnt, nicht erklären, sie sind miteinander verwoben und füreinander verantwortlich«, versucht Alexander Laras Emotionen zu entschuldigen, »insofern wäre es denkbar, dass ihr mehr geschenkt wurde, als nur ein fremdes Herz oder ein Ersatzteil, womöglich sogar ein neuerliches Spektrum von Empfindungen und Bewusstseinsstrukturen. Grundsätzlich könnten Sie schon davon ausgehen, Ihre Tochter nicht gänzlich verloren zu haben und dass somit die Entscheidung zur Einwilligung einer Organtransplantation sicherlich die beste aller Lösungen war.«

»Ich weiß es zu schätzen, dass Sie alles geltend machen möchten, mich zu trösten«, erwidert Bruno, »natürlich wäre es phantastisch zu glauben, Sie könnten aufgrund ihres neu gewonnenen biogenetischen Materials einen Kontakt zum Spender herstellen, dennoch scheinen mir solche Überlegungen ziemlich bizarr zu sein, wenn nicht absonderlich.«

»Dennoch würde ich diese Möglichkeit nicht ohne weiteres von der Hand weisen«, so Alexander, »zumindest nicht ungeprüft. Bisweilen konnten wir feststellen, dass Lara beim Anblick pastoraler Roben von Ängsten und Unwohlsein geplagt wird. Ohne nun gleich einen Verdacht zu äußern, glauben wir, dass dieser Zustand erstmalig nach der Herzverpflanzung in Erscheinung trat. Letztendlich vermuten wir, dass sie mehr und mehr in Erfahrung bringen wird, dann womöglich mit dem Resultat, das Ungeheuerliche zu enttarnen und dingfest zu machen.«

»Es ist schon eigenartig«, entgegnet Bruno, »hat man sich erst einmal auf eine Vermutung festgelegt, wird man sie so schnell nicht mehr los. Sehen Sie«, tippt er sich an die Stirn, »meine Tochter war Messdienerin der hiesigen Gemeinde und in den Augen der Priestergilde wahrscheinlich ein gottgesandter Engel. Die Richtung könnte also stimmen, jedenfalls ist die ansässige Kirche kein Hort der Offenbarung, eher schon ein Schlupfloch verkorkster Seelen und Nachtgespenster.«

»Dennoch sollten wir mit Hypothesen pfleglich umgehen,«, erwidert Alexander, »Wir haben zwar eine christliche Robe als Anhaltspunkt, nicht aber die Gewähr, dass sie von einem Diener Gottes getragen wurde. Der Geigenkasten muss nicht zwangsläufig eine Stradivari enthalten, manchmal lässt sich eine Knarre bestens darin verstecken.«

»Was allerdings entschieden seltener vorkommt«, hält ihm Bruno entgegen. »Das Naheliegende sollte uns nicht dazu ermuntern, es weniger in Betracht zu ziehen. Wie sagte doch Freud, manchmal ist eine Zigarre auch nur eine Zigarre.«

Voller Eingebung und Entzugserscheinungen bemerkt er, wie die Metapher in Rauch aufgeht, klopft gegen die leeren Taschen seines Jacketts und entschließt sich, die vernachlässigten Beine der Bedienung mit der Bestellung einer Havanna auf Trab zu bringen. Sicherlich ist dieser Morgen nicht unbedingt dazu ausersehen, ihn mit Dankeshymnen zu besingen, dennoch sieht sich Alexander bewogen, den Kellner um eine Flasche Champagner zu bitten.

»Sie müssen wissen«, gibt Lara zu verstehen, »unser werter Freund hat ein Kopfkissen voller Aktien und Geldscheine geerbt und, wie sich denken lässt, Probleme damit, sie unter die Leute zu bringen. Seien Sie also nachsichtig und helfen ihm, seine noble Geste in die Tat umzusetzen.«

»Die Großzügigkeit ist kein Paradies auf Dauer«, stimmt Bruno zu, »man wird schneller aus ihm vertrieben als man hineingelangt.« Nimmt die Gelegenheit wahr, dem Schicksal zu danken, Lara kennen gelernt zu haben, und erklärt, dass er sich überaus glücklich schätzten würde, Naomis Herz in einem so edlen und zugleich hübschen Körper zu wissen. Bekritzelt sein staubiges Antlitz mit einem Schwall nicht zu vermeidender Tränen und bringt verschämt zum Ausdruck, dass er die Zukunft von nun an nicht mehr ausschließlich der Zukunft überlassen müsse. Inzwischen sei dieser Zeitraum wieder näher an ihn herangerückt, eventuell sogar planbar geworden, sicherlich mit wenig Hoffnung für eine neue Anwaltspraxis, gewiss aber mit der Prämisse, den abgehalfterten Karren nochmals flott zu machen, dann vielleicht mit dem Ziel, die Freiheit sicherzustellen, fernab dieser Enklave, irgendwo da draußen, wo die Straßen alle Richtungen zulassen und die Bürgersteige mit dem Lächeln der Sonne vermählt sind.

Kapitel 6

Nichts ahnend, was die Nacht so alles verschweigt und der Tag noch bringen wird, rasselt das Räderwerk im Geläut der Klosterkirche, unermüdlich und gehorsam, als gelte es, keine Zeit zu verlieren. Das Dasein, so scheinen die Glocken zu verraten, ist ein hochbilanziertes Geschenk, äußerst strapaziös und wenig dankenswert, stets dazu angetan, es mit unserem Leben zu bezahlen. Und so erfüllt sich Schlag um Schlag, was in aller Eile bewegt sein will, zuweilen mit der kostbaren Verschwendung von Friedfertigkcit und Muße.

Um es auf die morgendliche Messe zu beziehen: Die Stunde der Andacht scheint zu kurz bemessen, als dass man sich noch der Anwesenheit des Herrn versichern könnte. Außerdem dürfte die Hiobsbotschaft, dass in der Sakristei ein Messdiener stranguliert aufgefunden wurde, nicht unbedingt zur frommen Besinnung beitragen. Trotzdem hätte man erwarten können, dass die Gemeinde sich etwas betroffener zeigt, wenn nicht sogar mit dem Ausdruck des Entsetzens. Stattdessen erreicht sie diese Nachricht wie aus einer fernen Welt, kaum dazu ausersehen, ins Bewusstsein zu gelangen.

Dass Pater Domenico dieses Verhalten missbilligt, ist leicht auszurechnen. So entschließt er sich nach einer stillen Gedenkminute und einem gemeinsamen Vaterunser, den Besuchern ins Gewissen zu reden, schlägt unter Androhung des Teufels derart ungestüm gegen die Brüstung der Kanzel, dass auch dem Letzten der Schlaf aus den Augen fällt. Alsdann stellt er mit Nachdruck unter Anklage, dass sich niemand dem Geschehen entziehen könne, niemand, der auch nur einen Funken Anstand besäße.

»Das, was sich unter dem Kreuz des Herrn vollzog«, schimpft er über den Predigtstuhl hinweg, »war der Hilfeschrei eines vereinsamten Menschen, eines Gestrandeten, den die Welt ausgespuckt hat, brutal und rücksichtslos und wahrscheinlich, ohne jemals mit den Wurzeln der Liebe und des Verständnisses in Kontakt getreten zu sein. Wollte ich es verdeutlichen, hier passierte nichts, was wir nicht allesamt zu verantworten hätten, wir, die es verlernt haben, hinzuschauen und zu begreifen, die den Kopf in den Sand stecken, wenn es darum geht, jemandem behilflich zu sein oder aus der Patsche zu ziehen. Die Möglichkeit, dass uns Gleiches widerfahren könnte, haben wir gar nicht erst auf der Rechnung. Dabei sollte uns ins Gedächtnis kommen, dass Christus keine Religion des Stillhaltens predigte, sondern den Mut zur eigenen Courage, den Willen, sich für all jene, die unseren Zuspruch benötigen, einzusetzen. Nur wer bereit ist, Nächstenliebe walten zu lassen, wird sich den Segen Gottes erhalten. Grundsätzlich aber müsste jedem bewusst sein, dass er mit Ignoranz und Teilnahmslosigkeit nur sich selbst schadet. Sicherlich werden wir den Planeten nicht vor jedem Feuer bewahren können, bestimmt aber vor Menschen, die bereit sind, es auch noch zu schüren.«

Eigentlich dürfte das der Zeitpunkt sein, Domenico das Wort zu beschneiden, falls die Gäule überhaupt noch einzufangen sind. Überdies ist es weder plausibel noch gewissenhaft, das Ordinariat der Kirche diesbezüglich verschonen zu wollen.

Um also zu verhindern, dass Blitz und Donner der Gewohnheit folgen, sich bis zum Nimmerleinstag hin abzulösen, entschließt sich Alexander mit dem Choral *So nimm denn meine Hände* eine maßvollere Gangart einzuschlagen. Wenn die Worte ihr Ziel schon verfehlen, sollte man es mit Musik versuchen. Natürlich im Glauben, dass die Tonkunst seit jeher in der Lage war, die überzeugenderen Argumente zu liefern.

Dass dies die richtige Entscheidung sein sollte, erweist sich, als der Ordinarius seinen Segen nachreicht, einen anerkennenden Blick in Richtung Orgel wirft und die zur Erweckung anstehende Gemeinde zur Heiligen Kommunion bittet.

»Nun werden Sie nicht mehr länger behaupten können, seine Eminenz der Bischof wüsste Ihre Musik nicht zu schätzen«, überfällt Alexander eine Stimme aus dem jenseitsverhallten Hintergrund der Galerie. »Offensichtlich scheint jedes Lob angebracht, wenn es nur zum Vorteil gereicht und dem Betroffenen in den Kram passt.«

Alsdann begibt sich der verschmähte Geist in die klangliche Offensive des Kantors und besingt mit gekünstelter Kastratenstimme die musikalische Sequenz: *Und führe mich bis an mein selig Ende und ewiglich, ich mag allein nicht gehen, nicht einen Schritt.*

Verschwindet, wie er gekommen ist, als Gespenst oder Phantom, irgendwo zurück in die finsteren, angestaubten Requisiten kirchlicher Nutzlosigkeit, dorthin, wo die Fledermäuse zuhause sind und sich der Teufel hin absetzt.

Nun muss man nicht unbedingt den Berg des Propheten besteigen, um in Erfahrung zu bringen, dass hier etwas im Argen liegt, bemüht Alexander den verbliebenen Rest seiner Fantasie. Klappt das Choralbuch, einschließlich der verunglückten Töne, in sich zusammen, wirft die gottgepriesenen Lieder schallend auf den Boden und resümiert, unter Androhung, keine weiteren Überraschungen mehr zuzulassen, dass dies wohl nicht der Tag des Herrn war, nicht der Kirche und nicht sein eigener.

Und als hätte sich die schlechte Laune herumgesprochen, erstürmt Domenico mit wallenden Rockschößen und gekenterten Gesichtszügen das Podest der Empore. Er hält es für angebracht, Alexander an den Fahrplan der Liturgie zu erinnern, wozu natürlich auch die Predigt gehöre, ob sie ihm passe oder nicht. »Jemandem zu gegebener Zeit ins Gewissen zu reden dürfte keine Schande sein, eher schon eine Notwendigkeit, falls die Abtrünnigen dann überhaupt in der Lage sind, zu begreifen, was damit gemeint ist.«

Mit diesen Worten rafft er sein Beinkleid bis zu den Knien, stellt sich demonstrativ in die breitgetretenen Sandalen und kommt zu der Schlussfolgerung, dass er eh schon viel zu lange geschwiegen hätte und es an der Zeit sei, reinen Tisch zu machen. Zieht Alexander in die Sakristei und betont, dass das, was er ihm nahe legen möchte, kein Sonntagskuchen sei, eher die Mitgift des Teufels.

»Sie vergessen die Allmacht des Herrn und die Ohren der Fledermäuse«, erklärt Alexander. »Das Gewissen ist eine Plaudertasche und keine Gewährleistung, folglich halten sich die Vorsätze auch nur solange, wie sie sich halten und nicht, wie man sich ihnen verpflichtet fühlt.«

»Dann sollten wir keine Zeit verschwenden«, erwidert Pater Domenico, kommt auf den sangeswütigen Zögling zu sprechen, der die Messe zu stören beabsichtigte und meint, dass man sich ihn vorknöpfen müsse. Seine Aufsässigkeit sei ein untrügliches Zeichen für Respektlosigkeit und Verachtung und weiß Gott, vielleicht für vieles mehr.

»Ich würde den Vorfall nicht überbewerten«, versucht Alexander einzuschränken. »Er ist als Poltergeist verschrien und bereits von daher kein ernstzunehmender Gesprächspartner. Überdies hat sich so mancher schon aus purem Geltungsdrang um Kopf und Kragen geredet.«

»Trotzdem gehe ich davon aus, dass er mehr weiß als so manchem Recht sein dürfte.«

»Ich will es nicht ausschließen«, übernimmt Alexander, »aber das könnte auch seinem Kollegen zum Nachteil gereicht haben, und wir wollen ja nicht, dass ihm das gleiche Schicksal widerfährt. Es ist ganz einfach an der Zeit, uns selbst in die Pflicht zu nehmen, wir wissen mehr als wir uns eingestehen. Wollten wir also nicht, dass der Himmel uns auslädt, sollten wir dazu überwechseln, der Wahrheit zu ihrem Recht zu verhelfen, und wer will schon das Risiko eingehen, als Diener Gottes aus der eigenen Kirche vertrieben zu werden.«

Ein Bekenntnis, das augenblicklich dazu gereicht, den Bischof in Szene zu setzen: nicht was die beiden sehen, besitzt noch Geltung, sondern was sie vermuten, jedenfalls fällt es ihnen schwer, sich mit seiner Gegenwart anzufreunden, womit letztendlich auch seine Bemerkung gemeint ist, dass der angehende Tag zwischenzeitlich zu den alten Verbindlichkeiten vorgerückt sei und den verwesten Luftzug der Nacht verdrängt hätte.

Hiernach schaut der Ordinarius gegen das schicksalsträchtige Deckengewölbe, das dem Messdiener zum Verhängnis wurde, und versichert, dass Gott ihn selig haben werde. »Schließlich war er schon immer einer unserer liebsten Schüler, immer verlässlich und treu im Glauben.« Erklärt mit selbstgerechter Geste, dass er sich um dessen Bestattung persönlich kümmern würde, nicht zuletzt deswegen, da er ihn als Weisenkind unter dem Dach des Herrn aufgenommen habe und es ihm ein Bedürfnis sei, ihn auf seiner letzten Reise zu begleiten. Verschickt sein Ornat in einen der offen stehenden Schränke, bittet Alexander, er möge ihm alsbald musikalische Vorschläge einreichen, und verabschiedet sich mit den Worten, dass die Zeit flüchtig sei wie Flugsand, kaum dazu angetan, sich in ihr zu verewigen, nicht einmal mit der Garantie irgendwelcher Fußspuren.

»Das sind nicht die hell geschmiedeten Zimbeln reinen Gewissens, die uns zu Ohren kommen«, flüstert Domenico Alexander zu, »es ist der Abgesang einer gestrauchelten Persönlichkeit, mit dem faden Beigeschmack, Gott und die Welt missverstanden zu haben.«

»Oder verleugnet«, pflichtet Alexander bei und schlägt vor, die kommenden Stunden für die Staatsanwaltschaft freizugeben. Seines Erachtens dürfte sie nicht mehr lange auf sich warten lassen und jeden, der sich in ihrer unmittelbaren Nähe aufhielte, zum potentiellen Täter küren.

Draußen vor dem Hauptportal schwimmen die Straßen im Regen, ölig und giftig, vielleicht der Aufguss eines neuen Elements oder der Urstoff der Verächtlichkeit, ein übel riechender Moloch, der aus den Wolken fiel und durch die Hölle tropfte. Und es ist die Verwandlung reinen Wassers in eine Kloake, die ungestillte Macht des Bösen, wenn nicht gar die Schlüssigkeit dessen, dass der Teufel der Ursuppe des Seins höchstpersönlich den Löffel reicht.

Der Segen des Herrn wird es also nicht sein, den Alexander auf seinem Haupte verspürt, eher schon dessen Ungnade. Und so entscheidet er sich, die Notentasche als Kopfbedeckung zu missbrauchen, nimmt in Kauf, dass die Brühe des Himmels in seinen Ärmel läuft und eilt, mit Rücksicht auf die kostbaren Partituren, so schnell es geht, seinem Wohnsitz entgegen, was nicht bedeutet, dass er dem Geschehen davonzurennen vermag.

Das, was ihm der heutige Morgen eingebracht hat, wiegt schwerer als der durchtränkte Boden unter seinen Füßen - eine Einsicht, die augenblicklich in die quälenden Frage mündet, inwieweit die Realität noch real sei, wenn nicht einmal der Tod noch schrecken kann, wenn Hohn und Ignoranz das Gewissen ablösen und zum Selbstzweck persönlicher Zufriedenheit werden. Eigentlich dürfte sich damit jede Antwort erübrigen, die Tatsachen sind abgeschafft, das Vergängliche ist vergangen und die Zukunft einmal mehr ein verregneter Tag.

Glücklicherweise liefert Lara, die Alexander zwischenzeitlich an ihre trockene Seite zieht, gänzlich andere Beweise. Hierzu gehören ein liebevoll bestückter Tisch, ein brennender Kerzenleuchter und die unwiederbringliche Süße ihrer Lippen, flüsternd dargereicht, wie eine mondtrunkene Blüte, hervorgeholt aus dem Nektar des Begehrens, woraus die Wünsche gemacht sind und die Träume erwachsen.

Tänzelt mit hochhackigen Sandaletten um die gedeckte Tafel und deutet an, dass sie zum ersten Male Nylonstrümpfe trage, stellt ihre hübschen Beine abwechselnd auf einen der Stühle und genießt es, dass Alexander nebst stofflicher Qualitätsprüfung sich in erster Linie ihrer samtweichen Haut versichert.

»Ich entschied mich für Nylons mit Strapsen«, flüstert sie verlegen, »hoffe, sie gefallen dir.«

Eine Offerte, bei der sich Alexander wie aus der Finsternis ins Licht verschickt sieht, vor allem aber ist er davon überzeugt, dass sie keine bessere Wahl hätte treffen können. Vergisst spontan, was Teller und Küche zu bieten haben, küsst den frei verfügbaren Bereich ihrer himmelwärts strebenden Beine und vergöttert alles, was sich hinauf- oder herunterkrempeln lässt. Bescheinigt ihr, unter Berücksichtigung allmählich schwindender Sinne, nie mit einem verführerischeren Apéritif bedacht worden zu sein. Unterwandert mit fiebrigen Händen den Saum ihrer Bluse, tastet sich vor zu den steil gewachsenen Knospen ihrer Brüste und dokumentiert mit heißen Lippen und pochendem Herzen, dem Geschmack aller Geschmäcker erlegen zu sein, dem Duft aller Düfte und allem, was von Anmut umströmt ist, ihren Körper dahinrafft und die Leidenschaft erblühen lässt.

Aber wie so oft lauert die Gefahr, beobachtet zu werden, genau dort, wo man nicht mit dem Zufall rechnet. Zum Glück sei dennoch gesagt, dass der unfreiwillig bestellte Voyeur infolge seiner dick verglasten Brille bestimmt weniger als die Hälfte der Handlung sieht, und dass es sich bei dieser Person um Merlin handelt, jenen kopflosen Kopf, dem nur selten widerfährt, was er wahrnimmt.

Sicherlich ist dies der Tag der Überraschungen, jedenfalls für Alexander, kaum eingewöhnt, überfällt ihn ein neuerliches Dilemma mit der Konsequenz, die Notbremse zu ziehen, lateinisch vermerkt, er besinnt sich des Coitus Interruptus, natürlich äußerst ungern und sichtlich enttäuscht. Das Resultat, wollte man es dennoch erwähnen, schreckt also in voller Größe und lässt sich nicht so leicht wegstecken.

Dies nur zur traurigen Poesie ungestillter Lust, die andere Art des Genießens verkörpert zuweilen Merlin. Seine Aufmerksamkeit gilt einzig und allein dem feudal bereiteten Dinner, fast schon ein bisschen ehrenrührig, jedenfalls bezüglich des weiblichen Selbstwertgefühls. Das, was Lara an Naturalien zu bieten hat, dürfte den lukullisch bestückten Tisch bei Weitem übertreffen. Und so unterlässt sie fast alles, womit sie ihre Kleiderordnung wiederherstellen könnte. Nicht nur, dass sie ihre Bluse ungeknöpft lässt, sie verschickt ihre Brüste nahezu frei schwingend über einen der Heißhunger auslösenden Teller.

Für Alexander, wie sich denken lässt, Peinlichkeit pur, oder die beste Gelegenheit, sich dem Phänomen der Sprachlosigkeit zu verschreiben. Fernerhin wären es gleich mehrere Dinge, die ihm dazu einfallen könnten, nicht zuletzt die verstreuten Dessous rechts und links des Kamins, jener provokant glitzernde Straps, dem es gelang, einen der dekorativen Kandelaber zu umarmen.

Es ist also der Moment, der in jeder Hinsicht Laune aufkommen lässt, wenn auch nach wie vor ohne Beteiligung Merlins und zur Enttäuschung Laras, dabei sollte sie auf dem Weg zum Backofen, dank ihres eingehakten Rockes, das schönste Hinterteil präsentieren, das je eine Gastgeberin zu veräußern hatte.

Spätestens hier dürfte man erwarten, dass sich Alexander ein Herz fasst und ihr zu Hilfe eilt. Augenscheinlich aber leidet er immer noch unter der Gänsehaut, die ihm die Zäsur eingebracht hat, wobei die neuerlich gewonnenen Einblicke gewiss nicht zur Entspannung beitragen.

Nichtsdestoweniger nimmt Merlins Aufmerksamkeit einen völlig anderen Kurs, möchte man eine Prognose wagen, existieren für ihn nur noch Anschaulichkeiten, die seinen Gaumen kitzeln, die man zerlegen und schmecken kann und nicht solche, die bereits vergeben oder verschenkt sind.

Erst als Lara den knusprigen Braten nebst pikanter Soße serviert, die beigefügten Klöße der Wahrhaftigkeit unterliegen, auch als solche verstanden zu werden, scheint Merlin urplötzlich mit sich und der Welt im Einklang zu sein. So verhilft er dem erotisch geflaggten Kerzenleuchter zu dem Licht, das bisweilen ausschließlich dem Antlitz Alexanders vorbehalten war, öffnet mit der Fingerfertigkeit eines Kellners die kühl gestellte Weinflasche, amüsiert sich über den Namen »Liebfrauenmilch«, bewundert ihr Bouquet und stellt anheim, dass ihre Überlebenschance gleich Null sein dürfte, hätte er sich erst einmal in sie verguckt.

Alles weitere, wollte man nicht päpstlicher sein als der Papst, geht dann eindeutig an Merlin: das genüssliche Schmatzen, die sinnesfreudigen Rülpserchen und, wer hätte es gedacht, ein mit der Zunge nachpolierter Teller. So betrachtet liegt es natürlich nahe, dass er das Duell Messer und Gabel eindeutig für sich entscheidet.

Alexander, dem die Peinlichkeit zwischenzeitlich auf den Geist geht, wendet sich der Frage zu, wie es denn um sein nächstes Buch bestellt sei, und welche Erkenntnisse er bezüglich des Perpetuum mobile gewonnen habe. Eine Welt, die nicht erst geschaffen werden musste, dürfte auch darauf verzichtet haben, angestoßen zu werden.

»Das einzige Universum, das ich kenne«, kommt Lara Merlin zuvor, »ist das, was ich sehe und womit sich mein Kopf beschäftigt. Was darüber hinaus passiert, ist eigentlich schon wieder unbedeutend. Wir sind der Inhaber der Realität oder auch der Illusion, wie man es sehen möchte. Solange wir uns nicht selbst verleugnen, werden wir existieren, heute und morgen, und falls der Himmel mitspielt, bis in alle Ewigkeit.«

»Anscheinend müssen wir uns erst einmal begreiflich machen«, schränkt Alexander ein, »dass es keine frühe oder späte Ordnung geben kann. Die Welt ist ein sich selbst verwirklichendes Konzept, sie ist das, was schon immer geplant war, denn ein Postulat der Unbegreiflichkeit, ein Rätsel, das für jede Frage offen ist, gleichwohl sie alle Antworten voraushat.«

»Nun, da wir davon ausgehen können, dass im Nachhinein nichts mehr geht, wäre es interessant zu hören, was Lara davon hielte, eine Stelle als Museumspädagogin anzutreten«, stellt Merlin völlig überraschend zur Debatte, »zumindest zeigte sich der Kulturamtsleiter dieser Idee gegenüber äußerst aufgeschlossen.«

»Das hört sich teuflisch gut an, ich sollte es mir bestätigen lassen«, erwidert Lara, »diese Chance ist mir nicht nur eine Havanna wert, sondern auch eine Umarmung, außerdem würde ich mich dazu bekennen, Ihnen für alle Zeit freien Eintritt zu gewähren.«

»Dann sollten wir mit der Zigarre beginnen«, lächelt Merlin, »den anderen Luxus würde ich mir gerne aufsparen und erst genießen wollen, wenn alles in trockenen Tüchern ist. Außerdem habe ich noch ein Rendezvous mit dem Universum des Schreibtisches, vielleicht habe ich in der Tat etwas vergessen, oder wie Alexander behauptet, zu viel bedacht und zu wenig gelten lassen. Das, was uns entgeht, sind die selbstverständlichen Dinge, sie sind geradezu prädestiniert, übersehen zu werden.

Kapitel 7

»Es sind die Unvorhersehbarkeiten, die uns zusammenführen«, sieht sich Lara unvermittelt Bruno gegenüber,»möglicherweise auch die heimlichen oder unheimlichen Zufälle, falls wir dem Geschehen dann überhaupt eine höhere Fügung bescheinigen möchten.«

»Ich werde es beherzigen«, erwidert Bruno sichtlich überrascht, fast schon wie aus einer anderen Welt hervorgeholt. Streichelt ihre Hände und zeigt an, dass er sein Werk schon bald vollendet hätte, wobei er nicht unbedingt den Anschein erweckt, ausschließlich seinen Oldtimer gemeint zu haben. Irgendein mysteriöses Timbre liegt in seiner Stimme, ein fremder Tonfall oder die Notwendigkeit, sich verstellen zu müssen, vielleicht sogar die Angst, erkannt zu werden; für Lara sogar der Ausdruck eines Gepeinigten, derweil seine Augen dieser Vermutung keineswegs gerecht werden. So entdeckt sie in ihnen eher Friedfertiges, etwas, das den Blick der Erlösung und Befreiung in sich trägt.

Aber was auch immer passiert sein könnte, zuweilen ist Lara mit Mutmaßungen und Theorien derart zugedeckt, dass sie es vermeidet, diese Auffälligkeiten zu hinterfragen. Außerdem hat sie eine Verabredung mit ihrem zukünftigen Arbeitgeber und somit weder die Muße noch die Gelassenheit, den anberaumten Morgen mit Hypothesen zu vergrätzen.

Bittet um Verständnis, in Eile zu sein, und verspricht ihm, ein neuerliches Treffen zu organisieren. Den Plaudertaschen seien alle Gelegenheiten willkommen, erst recht, wenn es Dinge zu bereden gelte, die über die Qualität der Wahrheit hinausgingen.

Eigentlich entspricht es nicht ihrem Temperament, derart kurz angebunden zu sein, sicherlich wird sie hierfür noch eine Erklärung nachreichen, auch wenn ihr zurzeit jede übertriebene Anhänglichkeit auf den Geist geht. Ganz allgemein betrachtet, sieht sie den Zeitpunkt gekommen, ihr Leben so zu gestalten wie es ihr passt, und nicht, wie andere es veranschlagen möchten. Schließlich muss man sich erst einmal unbeliebt machen, um ernst genommen zu werden.

Inwieweit diese Denkübung bei ihrem Vorstellungsgespräch von Erfolg gekrönt sein könnte, bleibt abzuwarten. Gleich welche Arbeit diese Stadt zu verteilen hat, Luzifers Söhne und Töchter werden stets an Bord sein, insofern wird es schwierig werden, auf jemanden zu treffen, der zwei gesunde Füße hat. Zudem sind die Gespenster nirgendwo lebendiger als in einem Museum.

Wollte Lara also das Gesicht der Stunde bei sich ausfindig machen, müsste es gleichsam mit Komik und Tragik gepudert sein, einem Lächeln, das auch ohne Grund Sympathie weckt, und das, wie zum Trotz geschaffen, alle Facetten der Konfusion beherrscht. Vor allem aber sollte sie ihre künftigen Brötchengeber ausreden lassen, denn wer anderen nichts gewährt, vollbringt auch selbst nichts Gescheites.

Ziemlich erstaunlich, mit welchen Stimmen sie sich zuweilen herumplagt, war es doch bislang nicht unbedingt ihre Art, sich selbst in Zweifel zu ziehen oder auch vom Weg abbringen zu lassen. Das, was seither zur Entscheidung anstand, war für sie nicht die Frage, wie etwas zu geschehen hat, sondern die Einsicht, dass etwas passieren muss.

Mit einem Male allerdings finden sich mehr Behutsamkeiten ein, als man sie noch dem Fingerspitzengefühl zuordnen könnte. Plötzlich spinnt sich um Lara ein Netz des Argwohns und des Misstrauens, ein irrationales Echo, in welchem jede Meinung vorkommt, nur nicht ihre eigene.

Entsprechend vorgewarnt, wenn nicht skeptisch, betritt Lara das Museum. Überdies irritiert sie der äußerst freundliche Empfang. Man könnte gar der Idee beiwohnen, das Kollegium müsste sich nicht erst bemühen, sie als Mitglied zu betrachten, obgleich es kaum die Mildtätigkeit sein wird, die Bewerberin blindlings aufzukaufen.

Aber wie Lara auch ihre momentane Situation einzuschätzen versucht, zunächst wird sie mit einer Tasse Kaffee vorlieb nehmen müssen, mit unwichtigen Fragen und noch mehr Alltäglichkeiten. Offenkundig gehört es zur allgemeinen Höflichkeit, sich erst einmal in die Augen zu schauen, bevor man ans Eingemachte geht. Zumindest möchte Lara dies nicht ausschließen, so wie man dreinschaut, so wird man angesehen.

Und als hätten ihr die Götter diese Botschaft zugeflüstert, blickt sie durch die Unschuld ihrer Puppillen, beschenkt das Gremium mit ihrer jugendlichen Anmut, bestaunt die andächtig postierten Artefakte, umschmeichelt ihre wundersame Ausstrahlung und folgert, dass die Kunst heutiger Zeit sich ihnen gegenüber geradezu arrogant herausnehme.

Eine Formulierung, die nicht nur ihre Gemüter bewegt, sondern zu der Feststellung animiert, dass dieses Haus in seinen Etagen geradewegs von historisch abgesicherten Kostbarkeiten überschwemmt sei.

»Ich denke«, so Lara, »auch die Keller, die vielen noch nicht sondierten Kisten, und wer weiß, die noch tiefer gelegenen Erdschichten. Die Stadt dürfte im Laufe der jahrhundertealten Geschichte noch so manches verborgen halten. Nicht zu vergessen die vielen Kirchen und Klöster, Katakomben, Gräber und Krypten und alles andere, womit sich die Kirche aus der Welt stehlen wollte.«

»Das klingt, als hätten Sie schon nachgeschaut«, schmunzelt ein Kollege. »Die Religion war schon immer eine Bank für sich. Kriege sind Glaubenskriege und Glaubenskriege sind Raubzüge. Wollten wir somit das Spektrum dessen, was noch alles im Verborgenen liegt, erfassen, dürfte man die christlichen Bibliotheken nicht außer Acht lassen. Um also nicht ins Blaue zu graben, sollte man ihre Schriften studieren, Tagebücher lesen und Karten entziffern.«

»Da wären natürlich noch die Schlachtfelder vor den Mauern dieser Stadt«, wedelt ein betagter Herr mit seinem armlosen Ärmel. »Nirgendwo ging es blutiger her, und dies über Jahrhunderte hinweg.« Kratzt sich den Militarismus aus seinem Bart und führt aus, dass man strategisch vorgehen müsse, die Landschaft auskundschaften und minutiös planen, herausfinden, wo ihre Verfügungsräume sein konnten, ihre Heere aufgestellt waren und vieles mehr. Dazu gehörten Wasserquellen, Bachläufe, Wegegabelungen und so genannte Feldherrnhügel, von denen man den Verlauf der Auseinandersetzungen habe beobachten können.

»In erster Linie allerdings sollten Sie dem Wünschelrutendenken eine Absage erteilen und das Augenmerk auf moderne Detektoren richten«, setzt Lara ihr Mosaiksteinchen in die Konversation, »sie sind gewiss ehrlicherer Natur und, was anzunehmen ist, auch treffsicherer.«

Nun muss man gewiss keine wagemutigen Prognosen anstellen, um zu erkennen, dass sie angesichts ihrer unbedarften Frische die eingesessene Belegschaft mitzureißen versteht, vermutlich sogar mit dem Privileg, dass einige von ihnen sich bis zu den grauen Schläfen hin gefordert sehen.

Das Ergebnis, wollte man es vorwegnehmen, kann sich in jeder Hinsicht blicken lassen, nicht zuletzt im Bemühen des Direktors, der Lara bittet, sich mit Umweltdezernentin Carlotta Niesmacher in Verbindung zu setzen, ihr Plazet wäre notwendig, wollte man sich an den finanziellen Kröten nicht verschlucken. Vor allem sollte man ihr begreiflich machen, dass man das Museum mit jedem Fund dieser Gegend bereichern und attraktiver gestalten könnte.

»Und dennoch«, schaut Lara in die Runde der Wiedererweckten, »bisher ist es nur ein Gedanke, vor allem, wenn die Moneten mitspielten, insofern ist eine Absage immer möglich.«

»Dann hoffen wir, dass Sie geschickt taktieren, übernimmt der Museumsdirektor, »wir werden im Chor hinterher trällern, niemand möchte doch mit einer kalten Dusche überrascht werden.«

Mittlerweile ist es das Feuerschiff der Sonne, das den Zenit des Himmels erstürmt, und es ist der Moment, da die Welt in ihrem Räderwerk erstarrt, die Bewohner der Lüfte in ihrem Gesang innehalten, und die Menschen ihr Tagewerk für einen kurzen Augenblick in den Schatten stellen oder mit verknoteten Tüchern ihr Haupt solange bedeckt halten, bis ihnen der Sprung in die Kühle eines Restaurants gelingt. Für Lara allerdings ist dies keine Alternative, sie bevorzugt den anstehenden Genuss, Alexander in die Arme zu schließen, natürlich mit froher Botschaft und dem besonderen Gefühl, von ihrer ersten Anstellung berichten zu können.

Doch was im Augenblick angebracht scheint, wird durch die bellenden Medien rückhaltlos eingeholt. Hier mit der generösen Schlagzeile, dass sich ein Ministrant in der Kirche erhängt hat.

Die Tatsache, dass Alexander ihr diesen Vorfall verschwieg, ist schon einigermaßen seltsam und eigentlich nur dadurch zu entschuldigen, dass er im Hinblick auf den heutigen Vorstellungstermin sie nicht unnötig belasten wollte. Weniger plausibel hingegen ist das Verhalten Brunos, der beinahe glückselig zu berichten wusste, sein Werk bald vollendet zu haben, wohingegen er die entsetzlichen Ereignisse innerhalb des Gotteshauses unerwähnt ließ. Ziemlich verwunderlich, wenn man bedenkt, dass der Boulevard im Allgemeinen sein Zuhause ist, und er über derartige Nachrichten geradezu gestolpert sein müsste.

Und als hätte der Feuersturm der Sonne nun auch Laras Gemüt erreicht, befürchtet sie Schlimmeres, zumal Bruno nicht den Anschein erweckte, er hätte mit dieser Aussage die Wiederherstellung seines Oldtimers gemeint.

Entsprechend zurückhaltend, fast schon ein wenig unterkühlt, begibt sich Lara in die Arme Alexanders. So teilt sie zunächst weder sein Lächeln, noch die positive Einstellung, dass die

Belegschaft des Museums sicherlich verzückt gewesen sein dürfte, ein so hübsches wie intelligentes Wesen als künftiges Mitglied zu begrüßen.

»Der Romantiker«, so Lara, »vermag Dinge zu sehen, wofür Realisten Jahre brauchen, falls sie dann überhaupt noch wissen, worum es ging. Dennoch wäre es undankbar zu berichten, man hätte mich ausgebuht, eigentlich ist das Gegenteil die Wahrheit, wollte ich es mit Lorbeeren ausschmücken, reichten sie für siebenunddreißig gekrönte Häupter. Sogar die ersten Direktiven ließen nicht auf sich warten, insofern blieb es nicht bei einer Vorankündigung, sondern es war bereits das Plädoyer.«

»Und was sind die Probleme«, möchte Alexander wissen, »dein nicht vorhandenes Lächeln impliziert einen Tag, den nur der Teufel dir abspenstig machen könnte. Irgendetwas anderes muss sich noch ereignet haben, vielleicht wirst du mir da weiterhelfen können.«

»Ich will es versuchen«, erwidert Lara. »Es gibt Ahnungen, seltsame Erlebnisse und rätselhafte Erscheinungen, und sie passieren genau dann, wenn man nicht damit rechnet, in Eile ist oder die Zeit fehlt, sich näher mit ihnen auseinanderzusetzen. Um es in den goldenen Rahmen zu spannen, sind es gleich mehrere Dinge, die meine Hellhörigkeit fordern. So erklärte Bruno, den ich zufällig traf, dass er schon bald sein Werk vollendet hätte, über die Vorgänge innerhalb der Kirche allerdings verlor er kein Wort, wobei dies an seinen straßengefestigten Ohren keineswegs unverhallt vorbeigezogen sein kann. Und da sich in der Regel niemand mit gutem Gewissen ausschweigt, ist zu befürchten, dass er sich nicht nur seine Finger verbrannt hat, sondern auch seine Seele.«

»Du interpretierst gescheit und geistreich, und dennoch könntest du dich irren«, kontert Alexander, »du hattest ganz einfach die Begegnung der dritten Art, ein Busfahrer, der wirres Zeug redete, eine Zeitung, die über alles und nichts zu berichten weiß, insofern ist zwar dies und jenes denkbar, aber auch alles ungewiss, wenngleich ich das Verhalten Brunos in der Tat für bedenklich halte.«

»Wollte ich es psychologisch deklinieren,« entgegnet Lara, »könnte er auf die Idee gekommen sein, Selbstjustiz walten zu lassen. Das heißt, mir schwebt der Verdacht, Bruno könnte angesichts mangelhafter Ermittlungen und persönlichem Gram das Drama in der Kirche inszeniert haben.«

»Trotzdem fällt es mir schwer, dies zu glauben«, zeigt sich Alexander irritiert, »wer soweit gehen kann, muss von Wölfen heimgesucht sein, wie sonst könnte man derart blindwütig zuschlagen?«

»Und er schien dabei glücklich zu sein«, erwidert Lara, »er schaute mich an, wie aus einer fernen, vergessenen Welt, so als hätte er den Tod an sich selbst vollzogen, derweil auf seinen Wangen die Farbe des Nichts sichtbar wurde, blasser und gespenstischer als es der Mond je sein kann.«

»Ähnlich erging es mir«, ergänzt Alexander, »als der Bischof den Unglücksort der Sakristei mit der Bemerkung verließ, dass der angehende Tag zu den alten Verbindlichkeiten vorgerückt sei und den verwesten Luftzug der Nacht verdrängt haben dürfte. Worte, die blutig gefärbt schienen, als hätten sie die Bekanntschaft mit einem Dornenbusch gemacht, und nicht, weil der Himmel es sich ausgedacht hat, sondern weil der Teufel es so wollte. Insofern hatte das Ganze doch etwas von der Symbolik einer Kreuzigung.«

»Es gibt mehr Vipern in der hiesigen Gesellschaft, als wir noch mit unserem Verstand ausmachen können«, übernimmt Lara das Gespräch. »Offenkundig ist es ein Vorrecht schlechten Gewissens, mit gespaltener Zunge zu reden. Folglich bleibt die Frage, wie populationsfähig sich das Unheil noch erweisen wird. Wenn das Schule macht, wird am Ende jeder jeden verdächtigen, das Schlammloch wird größer, und die eigentlichen Schweine werden sich kaum noch von den gewohnten unterscheiden. Da wir also erkannt haben, dass der heutige Tag kein Umschlagplatz für Annehmlichkeiten ist«, überlegt Lara, »sollten wir ihn eiligst vor die Tür stellen, die Luft ist inquisitorisch genug, dass sie sich seiner annehmen wird.« Dabei gibt sie dem versäumten Kuss eine neuerliche Chance, verschließt ihn mit ihren Lippen, bis die Welt der Worte in sich zusammenfällt, ihnen der Atem ausbleibt und der Wille einkehrt, von nun an der Stimme sinnlichen Begehrens den Vortritt zu gewähren.

Und als hätten die Wurzeln der Leidenschaft sich saugend aufgetan, verliert sich der Boden unter ihren Füßen. Nicht was sich erklären lässt existiert, sondern was sich in seiner ganzen Blöße begreiflich macht, hier mit der Ungezogenheit, sich dem Spektrum der Lust bedingungslos anzuvertrauen, sich gegenseitig zu entmachten und zu unterwerfen.

Also dringen sie tief in die Historie ihres Seins, mit übermächtigen Bildern und Sinneslodern, eine Welt erschließend, die ihre Klarheit eigens für sie aufbewahrt hat, die gerufen sein will, um zu antworten, aufsteigend aus der Dünung innerer Auflösung, unversehrt und jungfräulich, vielleicht auch das Leuchten vergessener Chiffren oder die Geburtsstunde einer nie gekannten Wahrheit.

So wie die meisten Rätsel tausend Verstecke offenbaren, lässt man nichts ungeschehen, jeden Winkel des Körpers zu entschlüsseln, wobei die sensibelsten Bereiche die spektakulärsten und die schamvollsten die begehrtesten sind; einstweilen mit dem Privileg, jeden Gipfel der Kühnheit zu beanspruchen, die erdbeersüßen Gletscher der Brüste und die bereitwillig geöffneten Schenkel mit der ekstatischen Verrenktheit des Kamasutra.

Es ist der Moment, da die Leidenschaft überschäumt und das Spiel aller Spiele zum Olymp geführt wird, sich krönend und ruhmvoll bekränzt, mit aufbäumenden Fanfarenstößen und eruptiven Erschütterungen, mit göttlich züngelnden Blitzen und Donnerschlägen, dann um für eine Weile im Lichte ihrer Seelen zu erblühen, körperfern und dennoch hautnah.

Kapitel 8

Wie zu erwarten, beschleichen die kommenden Tage ihr gewohntes Parkett, einstweilen in der Befürchtung, dass sich nichts geändert hat, und dass dem Geschehen von morgen wieder einmal die Gewissheit blüht, nicht über den Status von gestern hinausgekommen zu sein. Entsprechend angemahnt und frustriert beschleicht Alexander die Vision eines alles vertilgenden Staubsaugers, einer Killermaschine, die zunichte machen soll, was nach Müll riecht und nach Verwesung schreit, derweil auch so manches andere gemeint sein könnte, der Verfall von Anstand und Moral, Kultur oder Bildung, falls dann überhaupt noch etwas existiert, das nicht schon in der Bedrohung steht, sich zu entwerten.

Eigentlich dürften die Menschen dieser weltabgewandten Enklave längst bemerkt haben, dass sie auf dem besten Wege sind, sich selbst auszulöschen. Wer immer nur fortschaut und nichts wahrnehmen möchte, wird zusehends der Gefahr ausgesetzt sein, sich zu leugnen, wenn er nicht schon mit Blindheit geschlagen ist. Der Verstand setzt bekanntermaßen dort aus, wo sich die Vernunft verabschiedet hat.

Das nur zu dem grob gekörnten Bild dieser Stadt und zu den Ansichten Alexanders. Würde er sich zu einer Feinabstimmung hinreißen lassen, müsste er den gehörnten Wahn des Teufels fürchten, er bekäme eine pelzige Haut, behaarte Hände und eine Gangart, der kein Schuh mehr nachzukommen vermag.

Und so entspricht er erst einmal der Bitte Domenicos, den ramponierten Kulturpalast für etwaige Veranstaltungen zu inspizieren, auch wenn anzunehmen ist, dass sich dieser längst aus der Verantwortung gestohlen hat und nichts mehr darauf hindeuten wird, wozu er einstmals gedacht war. Den ersten

Beweis hierfür liefern die in Fetzen hängenden Vorhänge, sowohl an den Wänden als auch vor der Bühne.

Eine Szenerie, die das Ende aller Tage einübt, sich wie ein gefräßiges Leck öffnet und mit kosmischer Wahrhaftigkeit zu verstehen gibt, dass sich hier wie da schwarze Löcher auftun, hier wie da, wenn das Leben missverstanden wird und der Geist des Nichts sich anschickt, die Welt ein bisschen kleiner zu halten.

Dort, wo das Leben einstmals der Galanterie verfallen war, sich dem stolzen Licht von Scheinwerfern und Blitzlichtern zu präsentieren, scheint die Finsternis per Quantensprung eingewandert zu sein. Ein nachtdunkles Gespenst, das mit den wenigen noch verbliebenen Texten den Aufstand probt, vielleicht auch mit der Sprache eines längst beschlossenen Albtraums.

Gedanken und Fiktionen, mit denen Alexander nicht unbedingt Freundschaft schließen möchte, auch wenn ihn das Gefühl begleitet, nicht der einzige zu sein, der sich hierher verirrt hat. So erblickt er zwischen den abgegriffenen Polsterstühlen ein schemenhaftes Wesen oder die misslungene Reproduktion seines Selbst, möglicherweise auch der Schatten eines Schattens, genauer möchte er keine Bestimmung wagen, heutzutage sind mehr Visionen im Umlauf als Tausendfüßler Beine haben.

Doch welchen Überlegungen er auch den Vorzug einzuräumen gedenkt, mit einem Male überrascht ihn die Tatsache, dass der unwirklich bestellte Geist die Bühne erklimmt und mit deklamatorischer Verliebtheit die Geschichte der Fledermäuse zelebriert. So berichtet er, im Gewandt jener Spezies, dass ihre Gehirne im Laufe der Jahrtausende geschrumpft seien, obgleich sich ihre Überlebenschancen zunehmend verbesserten. Gelang ihnen dieser Geniestreich durch die Verblödung des Verstandes, oder entzogen sie ihrem Kopf ganz einfach das Blut, weil sie es an anderer Stelle dringender benötigten, zum Beispiel in der Muskulatur, für Ausdauer und Schnelligkeit, letztendlich für ihre flugtechnischen Fähigkeiten.

Alexander, der sich augenblicklich in die erste Reihe eines Auditoriums versetzt fühlt, will natürlich wissen, wie es denn so um das Potential der Menschen bestellt ist und welche Vergleiche sich anstellen ließen. Eine Frage, die er sich gleichsam aus zweierlei Gründen hätte schenken können, einerseits wird der Rezitator genau dieses Gleichnis bedacht haben, zum anderen scheint seine plötzliche Materealisierung nur vorübergehender Natur zu sein. So verschwindet der geheimnisvolle Dozent, wie er sich in Szene setzte, irgendwohin in die Düsternis des Raumes, wobei Alexander nicht unbedingt ausschließen möchte, einer Illusion seine Aufwartung gemacht zu haben, eventuell sogar den dramaturgischen Gesetzen persönlicher Halluzination.

Dass dies nicht der Ort ist, an dem man länger als nötig verweilen möchte, erklärt sich einmal mehr von selbst. Außerdem vermag Alexander nicht zu erkennen, dass das Theater noch für einen künstlerischen Event nutzbar gemacht werden könnte. Hier ist das Ende aller Tage eine beschlossene Sache, es hat sich selbst inszeniert und, wenn man so will, den letzten Vorhang gezogen.

Jedenfalls wäre es unsinnig zu glauben, die Zeit an sich hätte den Zerfall jener heiligen Hallen bewirkt. Der Regisseur dieses Szenariums war der städtische Sparmeister, in seinem Vorgehen ermutigt und mangelndes Interesse eines zur Dekadenz verurteilten Publikums, womit Domenicos Anfrage, inwieweit das hiesige Theater noch für eine Aufführung geeignet wäre, auf Jahre hinaus hinlänglich beantwortet sein dürfte.

Entsprechend mies gelaunt und enttäuscht entscheidet sich Alexander, ihm seine Eindrücke so frisch wie möglich zu servieren.

Aber wie jedes Vorhaben erst einmal mit Umwegen gesegnet ist, trifft er zunächst den unseligen Vikar, jenen unchristlich bestellten Schwerenöter, dessen Vorliebe Jünglingen gegenüber kaum mehr zu übersehen ist, gegenwärtig in der peinlichen Anbetung eines Knaben, den er als neu gewonnenes Chormitglied vorstellt und mit dem andächtigen Lob besingt, wie wunderhübsch doch sein Antlitz sei, wie jung und zierlich sein Körper und so lebendig.

Für Alexander, wie sich denken lässt, ein weiterer Grund, der Zoologie dieser Stadt den Rücken zuzukehren, letztendlich in Ahnung, dass der Affe in ihm eiliger zur Geltung käme, als es der Spiegel noch richten könnte.

Das, was der anstehende Priester überbringt, ist derart angesabbert, dass Alexander das kalte Grauen kommt. Überdies schreckt ihn die Vorstellung, dass der minderjährige Sangesneuling nicht der letzte sein wird, den der Vikar unter seine Fittiche bringt. Erst einmal mit den Tönen der Dankbarkeit geweckt, werden die pubertierenden Jünglinge schneller zur Vermännlichung schreiten als ihre Stimmen. So jedenfalls fürchtet Alexander.

»Nun muss man nicht erst betonen, dass diese Stadt jede Art von Makel erlaubt, wenn nicht gar als Bereicherung ansieht oder auch als Ansporn, sich stets einen neuen zuzulegen«, kommentiert Alexander seine Anwesenheit vor dem Altar, natürlich in Erwartung, irgendwer wird da sein, der ihn erhört und seine Meinung teilt. Dass dies Domenico sein sollte, hatte er bereits auf der Rechnung, auch wenn dieser unbeirrt die Gladiolen zählt, die über Nacht eingeknickt sind und, wie er meint, ihren frömmelnden Stolz gerade mal vierundzwanzig Stunden bewahren konnten.

»Es gibt Menschen«, erklärt der leidenschaftliche Freizeitgärtner ohne aufzublicken, »die sich derart penetrant in Szene setzen, dass man annehmen möchte, sie hätten es darauf angelegt, sich unbeliebt zu machen. Dabei solltest du schon wissen, dass die Welt mit jeder unnützen Silbe ein bisschen hässlicher wird.«

»Ich finde, du gehst mit mir etwas zu harsch ins Gericht«, verfügt Alexander, »gewiss liegt es nicht in meiner Absicht, dir irgendwelche Allüren zu unterstellen. Eigentlich möchte ich dir mitteilen, dass der Musentempel soweit heruntergekommen ist, dass man bezweifeln muss, ihn überhaupt noch einmal herrichten zu können, höchstens noch als erinnerungsträchtiges Mahnmal für eine verkommene Gesellschaft.«

»Du bist nicht nur ein intelligenter Kollege«, erwidert Domenico,»sondern auch eine vorwitzige Schnepfe. Für einen demütigen Menschen wählst du harte Worte, Gott hinterlässt keine Probleme, die sich nicht wieder richten ließen.«

Jätet mit ausgefahrenen Fingernägeln den Wildwuchs seines Bartes und versichert, dass er von nun an den Tag mit eingängigeren Melodien besingen werde, wobei dem filzigen Gemüse seines Kopfes die Nachricht blühen müsste, dass sich im Savoyhotel ein TV-Team eingenistet hat und seine christliche Einstellung es nicht zulassen dürfte, diese Tatsache zu ignorieren.

Erst eine Weile später und nachdem Alexander die Musiktitel wissen möchte, mit denen er sein Gewissen aufzufrischen gedenkt, erfährt er von der angereisten Fernsehcrew.

»Nicht unbedingt die ersprießlichste Botschaft«, pflichtet Alexander bei,»und nicht der geeignete Zeitpunkt, ihn mit einem Cantus firmus zu besingen. Das Lied des Himmels wird es nicht werden, eher schon eine danse macabre. Es war schon immer ein Trugschluss zu glauben, man könne sich unbeobachtet aus der Verantwortung stehlen. Gott erblickt alles, erst recht, was man ihm vorenthalten möchte. Sollte er also diesen Fahrplan einhalten, werden die Verdrießlichkeiten weiterhin zunehmen. Wollten wir also nicht unvorbereitet aus den Wolken fallen, wäre es ratsam, das Testament für eine Weile gegen einen Fallschirm einzutauschen.«

»Wie ich bereits erwähnte«, so Domenico,»du bist nicht nur ein guter Kumpel, sondern auch eine vorwitzige Schnepfe.«

Begibt sich zum Hochaltar, sucht eine der steinernen Bänke auf, legt seine Bedenken für eine Weile in die Hände und bittet den Herrn insgeheim um Nachsicht, sollte er ihn vergrätzt oder enttäuscht haben.

Zwischenzeitlich gelingt es Alexander, den reumütigen Pater mit engelhaftem Spiel in den Dämmerzustand sinnlicher Wahrnehmung zu verschicken, wenn auch nur bis zu dem Moment, da ein anderer Betbruder seinen friedlichen Schlummer anzweifelt und ihn mit einem beiläufigen Gähnen auf seine Reflexe hin abtastet.

»Du schaust aus, als hätte der Allmächtige dir eine Ohrfeige verpasst«, gesellt sich Alexander hinzu, »möglicherweise ist dir aber auch nur die Sprache ausgegangen. Das tatsächliche Leben ist ein Buch voller Grübeleien und verpasster Gelegenheiten, voller Schuldkomplexe und Schönredereien.«

»Du hast gut Reden«, mutmaßt Domenico, »zunächst einmal bist du deiner Orgel verpflichtet und unmittelbar dem Herrn, wobei ich nicht ausschließen möchte, dass er die Musik zu seiner höchst persönlichen Leidenschaft gemacht hat, und all jene begünstigt, denen es gelingt, seinen Tempel mit außerirdischen Klängen zu verwöhnen.«

»Wenn du mir versichern möchtest, der Allmächtige hätte die Kunst mit besonderen Privilegien ausgestattet«, stimmt Alexander an, »dann bist du nicht minder eine vorwitzige Schnepfe. Sollte er sich an seine eigenen schöpferischen Qualitäten erinnert fühlen, dann aus Mitleid zu denen, die weniger Talent aufzuweisen haben, die stets der Etüde verpflichtet sind, einem ewigen Einspielen, Note für Note und Takt für Takt.«

»Ich vermute mal, dass du dich nicht verstecken musst«, erwidert Domenico. »Die Musik übernimmt das, was sich nicht aussprechen lässt, sie ist ein Dolmetscher für Gefühle und Sehnsüchte und für alles das, was im Verborgenen liegt und darauf wartet, ans Licht geführt zu werden.« Bittet somit Alexander, ihn in den Garten zu begleiten, denn das Thema, das er ihm nunmehr abverlangen möchte, bedürfe der schonenden Verpflichtung, diskret und gewandt damit umzugehen.

So berichtet Domenico hinter vorgehaltener Hand, dass Bruno Winkler, ehemaliger Anwalt und derzeitiger Busfahrer, dem Bischof sein höchstpersönliches Bekenntnis ins Ohr flüsterte, möglicherweise auch den Fluch des Pharaos oder die Summe all dessen, die wir schon immer auf unserer Rechnung hatten, aber nie auszusprechen gedachten. »Das Geschehen um seine Heiligkeit«, führt Domenico aus, »lässt sich unschwer erraten. Der Stuhl der Beichte wurde unvermittelt zu einem Katapult, sodass der Bischof wie von einer Tarantel gestochen in die Sakristei stürzte. Indes nicht zu überhören war, dass er den wenig einsichtigen Sünder mit deftigen Sprüchen und heftigen Verwünschungen belegte, bis hin zu der Aussage, dass er Bruno die Krätze an den Hals wünschte.«

»Es ist schon eine Tragik«, entgegnet Alexander, »wie leicht doch die Menschen zu durchschauen sind, man muss sie nur gewähren lassen, und sie reden sich selbst um Kopf und Kragen, die Dummen wie die Intelligenten, die einen, weil sie das Pulver erfunden haben und die anderen, weil sie bestens damit umgehen können.«

Zieht die Bilanz, dass dieser Tag wieder einmal seine Ansprüche geltend gemacht hat und ist sich sicher, dass das schlechte Gewissen weitere Vorhänge ziehen wird, letztlich auch solche, die nicht unbedingt eine Absolution verdienen. Summt sich durch die filigranen Töne eines Präludiums, welches er der bevorstehenden Andacht widmen möchte und mutmaßt, dass Domenico wohl Sebastian Bach meinte, als er zu behaupten wagte, die Musik stünde in der unmittelbaren Gunst des Herrn. Zumindest sollte man diesen Gedanken nicht verwerfen, denn würde man auf seine Kompositionen verzichten, müsste sich der Schöpfer allen Seins fragen lassen, ob er nicht doch etwas vergessen hat. Gewiss aber wäre das Universum um ein paar ontologische Dimensionen ärmer.

Kapitel 9

»Du wirst mit der Sonne gehen müssen, gleich dem Los der Schatten, ob du willst oder nicht, ob du dich wehrst oder hinter einem Baum versteckst«, bemüht sich Lara um Alexanders Aufmerksamkeit, »sie ist die Herrscherin des Zenits und zugleich Mittelpunkt allen Geschehens, sie legt dir die glühende Münze aufs Herz, und du wirst bereit sein, sie anzunehmen, spätestens wenn du begriffen hast, dass ich es nur sein kann, mit dem du dein heutiges Schicksal teilst.«

Seinen Blick in der Fensterscheibe eines Juweliergeschäfts erhaschend ist sie mehr als überrascht, dass sein Interesse den Verlobungsringen gilt. Auch entgeht ihr nicht, dass ihr plötzliches Erscheinen ihm eine gewisse Verlegenheit beschert, was man auch als vornehme Blässe bezeichnen könnte. Vergleichbar zaghaft und schüchtern fällt dann auch Alexanders Frage aus, inwieweit sie sich eine Kreation mit eingearbeiteten Brillianten vorstellen könne.

Freilich nicht unbedingt der geschickteste Antrag und weiß Gott, zur Hälfte auch noch im Konjunktiv verfasst. Möchte man es wahrhaftiger, es ist schwer, sich selbst einen Gefallen zu tun, wenn man hierfür das Einverständnis des Partners braucht. Offensichtlich hat das Herz eine fatale Neigung zu bizarren Luftsprüngen.

Als dann die Tür des unvermeidlichen Glücks, wie von Geisterhand bestellt, sich nach außen hin öffnet, Wind und Wünsche auf geheimnisvolle Art zueinander finden, muss niemand mehr gebeten werden. Selbst der Verkäufer scheint zu spüren, worin ihre Absichten bestehen, räumt seiner Intuition entsprechend den Trauringen den Vorzug ein und versichert, dass diese Anschaffung die kostbarste sei, die man sich leisten sollte.

Schließlich müssen sie dem Postulat der Ewigkeit standhalten, vor allem aber erwarte man von ihnen, dass sie ihren ideellen und edelsten Wert allzeit anschaulich darbieten.

Dieser verbindlich vorgetragenen Einsicht zu Diensten bedeckt er die Glasplatte des Ladentisches mit einem flauschigen Deckchen, versetzt seine grazil veranschlagten Finger mit einigen auserwählten Kreationen in helle Aufregung und resümiert unter Androhung seines persönlichen Geschmacks, dass er die Modelle mit viel Liebe ausgesucht habe und sie bereits von daher konkurrenzlos seien.

Nun mag alles Gescheite schon tausendmal gesagt worden sein, so schön wie heute wird es sich gewiss nicht wiederholen. Jedenfalls möchte man dies den Tränen Laras entnehmen, nicht zuletzt auch der Ungeschicktheit Alexanders, der ihr die Peinlichkeit eines Taschentuches aufdrängt.

Und wie der Himmel es will, schließt sich der Urheber der sensiblen Worte unversehens dem Ausbruch innigster Gefühle an, schnäuzt derart lautstark, dass sein Mitarbeiter, sichtlich irritiert, dem zartbesaiteten Kollegen zu Hilfe eilt, das heißt, soweit man dies beurteilen kann und nicht dem Verdacht erliegt, er habe indirekt um dessen Hand angehalten.

In jeder Hinsicht also ein beeindruckender Moment: die Ringe passen, der Brillant funkelt, und das Gewissen fühlt sich befreit - all das an einem Tag, da die Pupillen der Lüfte das Licht dieser Welt trinken, gegenwärtig, um den Traum aller Träume auf Reisen zu schicken, zu einem Zeitpunkt, da die Sonne ihre güldene Wirklichkeit in ein neuerliches Versprechen kleidet, überdies mit der Begünstigung, dass die emotional bewegten Jünglinge dieser Inspiration folgen, sich ebenfalls in die Arme schließen und dankbar lächelnd dem frisch verlobten Paar gratulieren.

Noch ein wenig verschämt, aber bereits voller Stolz, beschreiten die beiden Auserwählten die Flaniermeile mit der Anschaulichkeit eines Pas de deux, derweil Lara es nicht versäumt, den modischen Kreationen und Accessoires der Schaufenster ihre

Aufmerksamkeit zu schenken, bisweilen mit der entzückenden Bereitschaft, den Boutiquen hautfreiestes Modell zu sein. Für Alexander der nachhaltigste Beweis dafür, dass er keine bessere Wahl hätte treffen können. Das, was ihm vor Augen kommt, lässt sich weder mit den Engeln des Himmels, noch mit einem höllischen Striptease überbieten.

Natürlich wäre nun der Zeitpunkt gekommen, genau dieses Begehren zwischen die Kissen zu legen. Da sie ihr Domizil allerdings mit einem Malermeister teilen müssten, entschließen sie sich, der nahe gelegenen Klosterbibliothek unweit des Juweliergeschäfts einen Besuch abzustatten.

Dass diese Entscheidung nicht unbedingt die plausibelste aller Lösungen darstellt, lässt sich kaum diskutieren, immerhin aber gelingt es ihnen, sich für eine Weile aus der Welt zu stehlen, aufgenommen zu werden von der anonymen Beredsamkeit tausender Schriften, von unzähligen Anekdoten und Geschichten. Einfach nur um zu blättern, zu schauen oder sich hier wie dort einzulesen.

Fernerhin ist es die Stille, die sie einholt, der kreative Geruch des Staubes und das Gespür, dass alles, was sich in Sprache kleidet, vom Atem der Ewigkeit beseelt ist, einem Bewusstsein, das nicht erst gedacht sein will, um zu existieren. So entbietet sich ihnen eine Atmosphäre der Andacht und Demut. Hier, wo alles vorweggenommen scheint, verliert der Tag seine beklemmende Anhänglichkeit, die Zeit gefriert, und das Leben gewinnt sukzessive an Bedeutung - hier im Sog endlos vieler Worte, nahe der Quelle des Seins.

Nachdem sie dann die Räume der Worte und des Wissens zur inneren Kraft erhoben haben, ist der Moment angesagt, sich nach einer adäquaten Lektüre umzuschauen. Das Buch *Stadt der Fledermäuse* wäre ihnen zwar genehm, dürfte allerdings in die überwiegend antiquarisch ausgerichtete Büchersammlung nicht eingeflossen sein. Außerdem werden sie mit dem Unvermeidlichen noch früh genug Bekanntschaft schließen.

Und so befleißigen sie sich, ihrer Inspiration den Vortritt einzuräumen, derweil Lara eine der Leitern ins Benehmen rückt, sich ihrer steilen Beine besinnt und mit dem Gespür für Anmut und Schönheit den höheren Regionen geistiger Schwüre ihre Gefälligkeit anbietet.

Nicht nur, dass Alexander die wahre Sinnlichkeit einzufangen glaubt, ihm spielt der Gedanke mit, sie könne abrutschen und womöglich genau diesen Anblick für eine Weile in Gips legen.

Also beweist er seinen Mut, ihr spontan zwischen die Schenkel zu greifen, nimmt in Kauf, dass Lara den Schrei ihres Lebens schreit und den bis dato friedlich bemusterten Gästen den absoluten Schrecken in die Glieder jagt. Die Ausbeute lässt sich mit dem Attribut Panik kaum begleichen. Zunächst reißt es sie von den Stühlen, dann versprengt es sie in alle Richtungen, und zu guter Letzt scheint niemand mehr genau zu wissen, worum es eigentlich geht.

Was bleibt, umschreibt sich mit einem Irrlauf zwischen endlosen Regalen und Bücherwänden, dem fatalen Gefühl, auf der Stelle zu treten und dennoch verloren zu gehen.

Völlig konträr hingegen entwickelt sich die Szenerie vor Ort des Geschehens. Während Lara der Verpflichtung nachkommt, ihrer erotisch fixierten Pose etwas mehr Haltung beizumessen, steht ihr Alexander ebenso mannhaft wie unbeholfen bei, natürlich streng im Glauben, als Gentleman und Kavalier gefragt zu sein, obgleich noch andere Motive mitspielen dürften, nicht zuletzt der Anblick ihrer himmlisch verwöhnten Schenkel, ihre sündhaft gespannten Strapse und das Gefühl, lasziv umgarnt zu sein.

Doch wie so viele Wahrheiten gleich mehrere Peinlichkeiten im Schlepptau haben, probt eines der oben angesiedelten Bücher den Fall aller Fälle, besser vermittelt, den Abgang in die Tiefe, wenn auch zunächst ein wenig unschlüssig und wie zum Spiel gedacht. Dass es nicht bei einer Scheinoffensive bleibt, ist leicht auszumachen, einfach nur hin und her zu schwanken, lässt bereits die Gravitation nicht zu.

Und was den beiden Unglücksraben zur weiteren Verunsicherung ihres Gleichgewichts wird, besorgt das nervöse Werk mit der eklatanten Auffälligkeit, sich wie eine Wurfsendung auseinander zu dividieren, Blatt um Blatt, als hätte der Autor die Absicht eingearbeitet, sein Wissen zu gegebener Zeit in alle Winde zu verstreuen.

Konsequenterweise bedeutet dies, dass Lara nichts anderes übrig bleibt, als den Sprung zurück auf den Boden der Tatsachen zu riskieren, erfreulicherweise allerdings unversehrt und in seliger Umarmung.

Ingesamt betrachtet ist damit das Finale der verführerischen Episode Venus und Amor angesagt, vielleicht war es aber auch das verkehrte Buch, das sie zu entblättern gedachte. Jedenfalls ist das, was ihnen nunmehr zu Füßen liegt, eher ein Papiermonster, ein widerwillig bestellter Zeitgeist, der sich aus der Wortwelt des Vergessens stiehlt, um sich mit unbequemen Wahrheiten in Erinnerung zu rufen.

Natürlich könnte man sich auch andere Attacken vorstellen, die Gewissheit ist universell beheimatet, sie verkörpert vielerlei Dinge, vor allem aber ist sie kein Zustand der sich totschweigen lässt. Sie ist auch ohne realen Bezug gegenwärtig, sozusagen eine metaphysische Verpflichtung, überall und nirgends anzutreffen, quasi das Gespenst unseres Bewusstseins oder auch der forschende Geist innerhalb und außerhalb unserer Seele, ein Weltenbummler, der mit den Abenteuern unseres Lebens unterwegs ist, manchmal sogar mit einer Leiter, die es nach oben hin zu erklimmen gilt und darüber hinweg ins Leere reicht.

»Ein Buch«, unterstreicht Lara, »ist nicht nur ein Buch, sondern eine Wesensform der unberechenbaren Art, wankelmütig und zornig, vielleicht ein renitentes Ungeheuer mit schnöden Hinterlistigkeiten und weitreichenden Folgen.«

Kapitel 10

Dies ist die Zeit, da die Bilder der Ferne in der Luft verdorren, die Stunde flirrenden Lichts, mit Kadenzen des Zerfalls und der Auflösung. Es ist der Augenblick, da die Schatten aus dem Blätterdach fallen, sich vom Gerangel der Äste befreien und zum gespenstischen Füllhorn der Landschaft werden, sich ausschüttend über Felder und Wiesen, als wollten sie die Erde umwickeln oder bandagieren; derweil die schwarzgerüsteten Krähen dem Mauerwerk der Festungsruinen zufliegen, sich auf den Zinnen positionieren und das vor ihnen liegende Tal mit hämischen Gekreische in Aufruhr versetzen, und sei es, um das zu erwartende Kampfgeschwader der Fledermäuse in ihren blutrünstigen Absichten anzufeuern.

»So ist das, wenn die Sonne schwindet und der Tag den Untergang probt«, mischt sich Lara, eher neugierig als zufällig, unter die Kameraleute, »zuerst verwischen die Konturen, dann mutieren sie zu hässlichen Karikaturen, und zu guter Letzt verbleiben Grimassen und Fratzen, die teuflisch genug sind, um den Tanz der Vampire voranzutreiben.«

Dass die Herrschaften des Films zunächst einmal Probleme damit haben, Ton und Bild in die Spur zu bringen, entbehrt nicht der Vermutung, dass ihnen beim Anblick Laras beides entfallen sein dürfte. Derart extravagant und anschaulich ist ihnen selten ein Thema nahe gelegt worden, zuweilen mit der Konsequenz, dass ihnen einiges den Händen entgleitet und einiges mehr ihren Köpfen. Was eben noch so und nicht anders in den Kasten sollte, passt nun vorne und hinten nicht mehr hinein.

Wollte man den Flüsterton des Regisseurs zu Rate ziehen, müsste man entschieden origineller verfahren, das heißt, dem dokumentarisch angelegten Drehbuch die Chance zukommen lassen, sich individueller darzustellen. Nicht die Fledermäuse sollten im Vordergrund stehen, sondern die feenhafte Gestalt Laras, mit exzentrischen Bewegungen und suggestiver Ausstrahlung, bestmöglich im Gegenlicht und mit einem Gewand umhüllt, das ihre Figürlichkeit umflattert, mal hier wie dort eng anliegend, oder auch entblätternd, mal verschämt mal einladend, so als gäbe der Wind preis, woran die Zuschauer Gefallen finden.

»Ich verstehe, Sie möchten das Skript auf zierlichere Füße stellen«, wertet seine Assistentin, »etwas mehr Tanz und Poesie und einiges von dem, was dem weiblichen Part des Buches entgegenkäme.«

»Nichts ist unvollkommener als das, was man sich vorgenommen hat«, erwidert der Regisseur, »das, was man gestern noch zu tun gedachte, hängt von dem ab, was man morgen über den Haufen schmeißt.«

»Wäre es unsere Pflicht, allen Fehlern hinterherzulaufen«, amüsiert sich Lara, »müssten wir uns längst auf den Weg gemacht haben, falls überhaupt je Hoffnung bestünde anzukommen.«

»Dann sollten wir die Risiken so gering wie möglich halten und einen Probelauf starten«, meldet sich die Regieassistentin zu Wort, »zumal der Weg, den die Vampire nehmen werden, nicht hundertprozentig auszumachen ist.« Bittet Lara, vor der Wehrmauer Stellung zu beziehen, sieht die Möglichkeit, sie vorab als Silhouette einzufangen, probiert einige Posen aus und kreiert auf Anhieb den Schattenriss einer neuen Wesensform, halb Mensch, halb Fledermaus.

Zur Besonderheit sei gesagt, dass der Kameramann nicht erst gebeten werden muss, diesen Take festzuhalten. Ohne nun viel Zeit verstreichen zu lassen, steht die nächste Aktion an, diesmal im besagten Gegenlicht, mit viel Körper und einer Menge Mut zur Selbstdarstellung.

Dass die Filmleute Laras Einvernehmen voraussetzen, ist die eine Sache, ihr allerdings das Kleid bis zum Bauchnabel hin aufzuknöpfen, ist schon einigermaßen suspekt, auch wenn die Vermutung nahe liegt, dass Lara nichts gestattet, was sie nicht persönlich in Erwägung gezogen hätte.

Und so beordert sie ihre prophetischen Maße ebenso großzügig wie komfortabel an die Front des Geschehens, verspürt die Brise, die sich um ihren Körper schmiegt, ihre Leidenschaft entfacht und mit ungeahnter Lust ihre Sinne durcheinanderwirbelt; zu einem Zeitpunkt, da der Horizont noch einmal rosig entbrennt, mit den letzten Sonnenflecken zu tanzen beginnt und mit nie zuvor gekannten Düften den Abend bereichert, höchst inspirativ, mit allen Wandlungen der Seele und der Ahnung, sich diesen Tag zum Geschenk zu machen.

»Da muss man sich schon wundern«, zeigt sich der Regisseur beeindruckt, »manches ist derart perfekt aufeinander abgestimmt, dass man meinen möchte, der Autor hätte diesen Part vorausschauend eingeplant, wirklich kurios, fast schon ein bisschen übersinnlich.«

Bevor er jedoch dazu kommt, das scheinbar Unabdingliche näher kennen zu lernen, wird es mit einem Male unwirklich still, als würde die Erde dem leibhaftigen Tod ihre Aufwartung machen, kaum etwas, das nicht vom Atem der Vergänglichkeit getragen wird, lautlos und realitätsfremd, als wäre die Welt dem Ende aller Tage ausgesetzt.

Und noch ehe das Team Genaueres in die Waagschale legen kann, verdichtet sich die Luft zu einer gespenstischen Wolke, tiefschwarz und gruselig, ein Gebaren, das unter die Haut geht und der anwesenden Crew Schrecken und Schauer in die Glieder treibt. Es ist der Moment, da die Landschaft zum Tummelplatz der Fledermäuse wird, die augenblicklich noch im strategischen Verbund, furios und hitzig, zuweilen im Tiefflug über die eingeschüchterten Köpfe wie ein infernalisches Gewitter hinwegziehen.

Aber so schnell der Spuk zugeschlagen hat, so plötzlich löst er sich in Wohlgefallen auf, allerdings nicht für jeden und gewiss nicht für den sichtlich geschockten Regisseur.

»Zeitgerechter konnte es nicht passieren«, erklärt sich ein Kameramann, »blitzartig waren sie da, kamen von überall, wirklich faszinierend, wenn nicht befremdlich, als hätten sie eine Schweizeruhr in ihren Genen. Nun bleibt nur noch zu hoffen, dass ich den Finger rechtzeitig an den Abzug brachte, und wir das Publikum mit entsprechenden Bildern und Emotionen verwöhnen können.«

»Die Überraschung ist eine Waffe, an die wir gewöhnt sein dürften«, reduziert die Regieassistentin jegliches Erstaunen. Beglückwünscht Lara zu ihrer extrem guten Präsentation und meint, dass in ihrem Fall eine gewisse Seelenverwandtschaft nicht auszuschließen sei, zu den Vampiren nicht ausschließen würde, wollte man für ihre ungewohnt exzentrische Darstellung eine halbwegs plausible Erklärung finden.

»Das klingt, als hätten Sie für mich weitere Schandtaten ins Auge gefasst«, lächelt Lara, »Ungezogenheit scheint für manche Rollen von Vorteil zu sein.«

»So direkt wollte ich das nicht überbringen«, befindet die Assistentin, »zumindest ist es oftmals eine gute Möglichkeit, sein Talent unter Beweis zu stellen.«

Daraufhin nimmt sie Laras zerfleddertes Outfit zum Anlass, die neuentdeckte Darstellerin im Auto mitzunehmen, und meint, dass sie im geschlossenen Fahrzeug besser aufgehoben sei als auf der Straße: nicht auszudenken, irgendein Ganove käme daher und würde ihrer Top-Figürlichkeit einen Kratzer zufügen, man möchte sie beim Fernsehen wohlbehalten und in bester Verfassung vorfinden.

»Zudem wäre es interessant zu hören, was die Geisterbahn noch so alles zu bieten hat«, übernimmt der Regisseur den Dialog, »für die Kamera ist jedes Gespenst und jeder Spuk ein Segen, wenn nicht die Gnade Gottes.«

»Ich denke«, erblüht die Assistentin hinter ihren blassen Wangen, »wir sollten die Allmacht aus dem Spiel lassen, nicht jede Oper kann sich ein Phantom leisten und nicht jeder Regisseur die Mitarbeit eines Alchimisten, auch wenn er der Wunschvorstellung erlegen sein mag, Kohle in Diamanten zu verwandeln, oft reicht es doch nicht einmal zu Porzellan.«

Inzwischen ist es wieder Tag, der Mond hat seine magische Stimulans an die Sonne weitergereicht, die Fledermäuse an die Menschen und die Toten an die Lebenden. Womit natürlich jeder gemeint sein könnte, so genau lässt sich das im Augenblick nicht festmachen, jedenfalls nicht für Alexander und nicht für Lara. Für sie steht die Nacht noch schräg in den Giebeln, unwirklich und trügerisch.

Dieser Morgen duckt sich unter den Schleierfetzen der Dämmerung, gebeutelt und einsilbig, niemand, der ihn begrüßt, als hätte der Tag bereits seine Sympathie verspielt, ehe er sich rechtfertigen konnte. Und wie alles, das sich der Trägheit verpflichtet fühlt, schleicht dann auch der Wind mit vorsichtigen Pfoten entlang der Häuserfronten, katzengleich und launisch.

Eigentlich wäre dies die Zeit, da Alexander sich in die Pedale seines Drahtesels schwingt, um der ersten Messe seinen musikalischen Segen zu unterbreiten. Heute allerdings dürften die Kirchenglocken seine Verspätung ankündigen und den Vikar nötigen, seine unbotmäßigen Finger auf die Manuale zu bringen. Domenico wird den Garten des Herrn in die Kirche verlegen, und, was der Himmel ausnahmsweise mal nicht verhindern möge, sowohl der Gemeinde, als dem Bischof die Leviten lesen.

Dass Lara diese Konfusion heraufbeschworen haben dürfte, lässt sich an mehrerlei Fakten ermessen. Zunächst einmal hat sie den Chihuahua, der sie allmorgendlich aus dem Bett jault, in die Küche gesperrt und zum anderen, mit angezogenen Beinen und nackter Begierde, ihrem Geliebten die Chance genommen, einfach so über sie hinwegzusteigen. Und da es wenig logisch erscheint, Feuer zu legen, das man gleichzeitig zu löschen gedenkt, wird Alexander nicht umhinkommen, die Kollegen der klerikalen Wahrhaftigkeit mit ein paar Hypothesen der Unschuld zu verwöhnen.

Hätte Gott bei der Erschaffung des Paradieses die Schlange ausgespart, gäbe es heute weniger Dilettanten, die Orgel spielen, halb so viele Strafpredigten und, was anzunehmen zu wäre, weit mehr Sorgfalt im Umgang mit Gewissensfragen. So allerdings wird die Wahrheit das bleiben, was sie schon immer war, ein trickreiches und heimtückisches Artefakt.

Aber das sollte Alexander im Augenblick nicht sonderlich stören, ihm spielt das vollkommenste Erlebnis mit, das der Himmel bisweilen verzeichnet, außerdem hat das Bett an der menschlichen Existenz einen gehörigen Anteil, insofern kann es kein großes Unrecht sein, sich dies hin und wieder vor Augen zu führen.

Ähnliche Überlegungen, wenn auch vorzugsweise im Gewandt eines züchtigen Ordensbruders, verschickt Domenico just in diesem Moment über die Balustrade der Kanzel, wobei er den Begriff Menschwerdung weniger auf die Entdeckung des aufrechten Gangs zurückführt, als auf die Zunahme des Gehirnvolumens und die Verringerung der Behaarung, indes ihm Letzteres von besonderer Bedeutung scheint, denn die ungehinderte Anlehnung an die Haut des Menschen, das Verspüren der Wärme und Zuneigung. Die Vorteile ließen sich beliebig fortsetzen, beispielsweise die emotionale Beziehung von Kleinkindern und Säuglingen zu ihren Müttern. Überdies dürfte es nahe liegen, dass mit den nackten Tatsachen die Bereitschaft wuchs, sich häufiger zu paaren, zuweilen mit dem Ergebnis, dass der ansonsten gefährdete Homo erectus seinen Klassenerhalt sicherstellen konnte. Das Wesentliche allerdings begründe sich in der Entwicklung eines effektiveren Bewusstseins. So keimten mit der Zeit neue Verhaltensmuster, Zivilisationen und Kulturen, eine neue Form der Liebe und Verantwortung. Wie und wann sich die einzelnen Evolutionsschritte jedoch vollzogen, wird womöglich nie vollständig beantwortet werden können, erst recht nicht die Frage nach dem Weshalb und Warum. Spätestens hier erinnert man sich der Worte Voltaires, der zu behaupten wusste, dass man Gott hätte erfinden müssen, wäre er uns nicht schon vorher bekannt gewesen.

»Nun werden Sie sich fragen, worin der Sinn dieser prähistorischen Exkursion bestehen könnte«, begibt sich Domenico in die Offensive. »Da wäre zunächst einmal die Diskrepanz zwischen dem, was damals in die Wiege gelegt wurde und heute mit dem Bade ausgeschüttet wird. Zu nennen ist das schmähliche Verhalten, wenn es darum geht, auch unter Gefahren einander beizustehen, einander zu helfen, Angst und Schrecken zu mildern.«

Wer bis dahin immer noch Probleme hat, Domenicos Ausführungen zu folgen, steht angesichts der gelangweilten, vor sich hindösenden Gesichter nicht allein da. Erst als sich der Prediger dem alltäglichen Geschehen zuwendet und den mysteriösen Tod zweier Schülerinnen des hiesigen Lyzeums anspricht, scheint jeder zu begreifen, dass er gefragt ist, zumal das Thema zwischenzeitlich derart hoch gekocht wurde, dass es einer Katastrophe gleichkommt. Gemeint ist die Annahme, dass die beiden Mädchen einem nicht erkannten Erreger zum Opfer gefallen sein könnten, was dazu führte, dass die Stadtverwaltung den Ausnahmezustand ausrief und sowohl Schulen als auch Kindergärten schließen ließ.

»Dass solche Maßnahmen nicht unbedingt dazu beitragen, Ruhe und Besonnenheit walten zu lassen«, schimpft er über die spärlich besetzten Bänke hinweg, »muss ich nicht erst erläutern. Etwas mehr Zurückhaltung und Gottesfürchtigkeit dürfte da schon angesagt sein. Aber so ist das, wenn die Dummen das Sagen haben, irgendwann werden wir selbst die Dummen sein. Nichts ist trügerischer als die Meinung einzelner und nichts gefährlicher als die Ängste vieler.«

Anschließend ersucht er die Gemeinde, sich von den Stühlen zu erheben und vertieft den Gedanken, dass sie im Gebet die

Kraft erwerben, mit den Schwierigkeiten des Lebens fertig zu werden. Bittet die Anwesenden, sich seinem *Vaterunser* anzuschließen und tröstet sie mit den Worten:»Gott ist mit uns und wir in seinem Geiste«.

Wer Domenico eingehender kennt, weiß, dass er in den kältesten Winkel seiner Seele blickte und seine Beschwichtigungen nicht der Skepsis entbehren, dass diese Stadt oben auf der Liste der Verunglimpfungen steht und der Herr sich schwer tun dürfte, sie mit einer universellen Arznei von ihren Übeln zu befreien.

Alexander, der zwischenzeitlich in der Kirche angelangt ist, spürt, dass dem starrköpfigen Deputat der Predigt eine gewisse Resignation beiwohnt, und dass Domenicos Ausführungen, mögen sie noch so andächtig gereicht sein, immer noch voll höllischer Stachel sind.

Und da der Ringeltanz der Ereignisse schon einmal Tritt gefasst hat, der Kreis der Kreise sich zu schließen beginnt, ist es nahezu schlüssig, dass das TV-Team dem Gotteshaus seine Aufwartung nicht vorenthält, wobei anzunehmen ist, dass sich Lara für diese Ehrerbietung höchst selbstlos verwendet hat.

Im Einzelnen versteht sich das wie folgt: Alexander wird im Anschluss an die Messe seine Orgelkünste unter Beweis stellen, des Weiteren wird man ihn zu einem Interview bitten, natürlich in Erwartung, dass er nähere Einzelheiten über seinen Namensvetter, den Autor des Buches *Stadt der Fledermäuse* anzubieten hätte und, was denkbar wäre, sich auch bereit fände, seine erste Begegnung mit Lara zu kommentieren.

Womit allerdings niemand rechnet, ist, dass der gepriesene Engel, sich so offen wie möglich und so authentisch wie nötig in Szene setzt. So entlockt sie dem Chihuahua ihren damals noch unentbehrlichen Teddybären, erinnert sich seiner Stimme, besinnt sich all dessen, was ihr seinerzeit widerfuhr, berichtet über die Umstände ihrer Herztransplantation, ihre späteren Visionen und eigentümlichen Sinneseindrücke.

»Nun wirst du mit zwei Seelen in deiner Brust vorlieb nehmen müssen«, flüstert der Teddy in die Kamera, »die eine, die dem Schmerz beiwohnt, vergewaltigt und getötet worden zu sein, und die andere, die sich dem Geschehen weder enthalten noch entziehen kann und womöglich erst wieder Ruhe findet, wenn der oder die Täter entlarvt und dingfest gemacht wurden.« Hiernach wendet sich Lara der sichtlich betroffenen Crew zu, verteufelt den Geruch von Weihrauch, der wie Krätze ihren Körper in Beschlag nimmt, und erklärt, dass das Unwahrscheinliche stets gewährleistet sei, sowohl im Gewand einer Soutane als auch unter dem Dach Gottes.

Die nächsten Sekunden, falls sie überhaupt die Absicht haben, sich aus der Starre der Zeit zu befreien, prophezeien etwas Endgültiges. Plötzlich und unvermittelt bäumt sich von irgendwoher ein eisiger Windhauch auf, ein Schatten, der dem Deckengewölbe geisterhaft anhängt, dann folgt ein Schuss und wenig später ein dumpfer Aufprall, das schauerliche Schnarren einer Tür, begleitet von eiligen Schritten und einem gespenstischen Lachen.

Immer noch vom Schock befallen, ist niemand fähig, dem Geschehen seine Stimme zu leihen. Es scheint, als hätte sich die Welt eine Narrenkappe aufgesetzt, als unterbreite sie dem Betrachter das Empfinden gänzlicher Auflösung.

Domenico, der als erster seine Sprache wiederfindet, ist sichtlich schockiert, dass es sich bei dem Opfer um den hiesigen Vikar handelt, und nicht nur, dass der Delinquent des Unheil ganze Arbeit geleistet hat, er schreckte keineswegs davor zurück, sein Verbrechen unter den Augen des Herrn zu vollziehen. Selbst Alexander, der anfänglich an einen schlechten Scherz glaubte, sieht sich schlagartig ins Licht der Erkenntnis gestellt, wenn auch mit wackeligen Beinen und dem beklemmenden Gefühl, selten so ratlos gewesen zu sein, wie in diesem Moment.

Dass Lara, die angesichts ihrer verkündenden Worte nicht frei von Gewissensbissen sein dürfte, ist schnell auszumachen, außerdem wird sie der Staatsanwaltschaft erläutern müssen, wieso sie just in dem Augenblick nach Vergeltung schrie, als der Henker sein Werk vollzog.

»Wenn das nicht Adrenalin pur ist«, bringt Regieassistentin Arabella ihre Meinung über. »Wie schon immer vermutet, das Publikum hat ein Anrecht auf mörderische Unterhaltung.«

Entsprechend weist sie die Crew an, sich zurück ins Hotel zu begeben und empfiehlt, die Offenbarung Laras zunächst einmal herauszuschneiden, dieser Take sei zu brisant und zu wertvoll, um in die verkehrten Hände zu geraten. Überreicht Alexander ihr mobiles Telefon und versichert, dass er nunmehr bedenkenlos die Polizei benachrichtigen könne.

»Gott weiß um die Alternativen des Lebens«, pflichtet Alexander bei, »ist das Opfer erst einmal tot, kommt jede Erklärung zu spät, auch wenn sich nichts ereignet hat, was ohnehin eingetreten wäre.«

Überdies bittet er Lara, sie möge sich in die Obhut des Fernsehteams begeben, und schlägt vor, erst wieder von sich hören zu lassen, wenn ihr der Kopf danach stünde und sie sich nicht bewogen fühle, weitere Unannehmlichkeiten zu verbreiten.

Er selbst werde den Ordensbrüdern sein Beileid kundtun. Gewiss dürfte es auch jene geben, die ehrlichen Gewissens sind und ihren Trost benötigen, zumal er davon überzeugt sei, dass einige von ihnen bereits den Weltuntergang vor Augen hätten. Schließlich gäbe es ein derartiges Szenarium nicht alle Tage, schon gar nicht in einer Kirche.

Kapitel 11

»Spätestens seit gestern wissen wir, dass es keine Überraschungen gibt, mit denen wir nicht zu rechnen hätten«, umschreibt Arabella den vorangegangenen Tag. »Man muss nur in die Kirche gehen, die Bibel aufschlagen und warten, was passiert. Die braven Hirten werden es nicht sein, die dort herausschauen.«

»Das nur zur Introduktion des heutigen Morgens«, pflichtet der Regisseur bei, »Gefälligeres dürfte nicht angesagt sein und würde womöglich auch nicht in der Erwartung unseres Publikums stehen. Halten wir also Ausschau nach weiteren Katastrophen, eine Fledermaus kommt selten allein.«

Alexander, der dem morgendlichen Treffen der TV-Crew seine Aufwartung zusicherte, beeilt sich, der Frühmesse mit schnellen Fingern und rasanten Tönen seine Flucht anzubieten. Dass es nicht der rote Teppich sein wird, den er sich damit einhandelt, dürfte ihm bewusst sein, weder in Aussicht, was die Herrschaften des Films zu verkünden haben, noch im Benehmen Domenicos, über dessen Kopf hinweg er das Programm um ein paar gewichtige Akkorde erleichtert. Für ihn ist jeder musikalische Verzicht ein herber Verlust, wenn nicht gar ein Experiment mit der Armut.

Aber mit welcher Gewissensfrage der Meister der säumigen Töne auch sein heutiges Repertoire auffrischt, es wäre ungerecht, das Schlachtengemälde Carlotta Niesmachers hierbei außer Acht zu lassen. Sie scheint dem angesagten Meeting wie auf Schlittschuhen beizuwohnen, zumal ihre ansonsten geschliffene Beredsamkeit augenblicklich in totaler Sprachlosigkeit aufgeht. Vergessen sind die wortgewandten Pirouetten, mit denen sie die Leute bislang einzuwickeln vermochte. Wollte man eine tiefsinnigere Bewertung, blickt sie nunmehr zurück auf ein leeres Parkett, auf eine Gesellschaft, die beängstigende Spuren hinterlassen hat, von denen manche derart blutig gefärbt sind, dass sogar dem härtesten Wintergewächs das kalte Grauen kommt.

Merlin, der ebenfalls zu den geladenen Gästen zählt, bemüht sich, der angespannten Situation ein bescheidenes Lächeln beizumischen. So erklärt er, dass die Menschen dieser Stadt dem Teufel das Du angeboten haben und zwischenzeitlich Probleme damit bekommen, den Umgang mit sich persönlich zu gewährleisten, falls sie nicht schon mit der Wertlosigkeit eines Schattens in die Transparenz totaler Gespenstigkeit übergewechselt sind.

»Um es zu konkretisieren«, übersetzt Alexander, »unser werter Professor scheint der Meinung zu sein, dass die hiesigen Bewohner bereits vor einer Weile in sich selbst desertiert sind, in eine Welt, die sich alles abgewöhnt hat, was noch Sinn machen könnte.«

»Vorausgesetzt, es gäbe überhaupt etwas, mit dem sie ihre Existenz rechtfertigen könnten«, gesellt sich Lara hinzu, »wer bis dato glaubte, er könne seine Seele einfach so gegen eine andere eintauschen, dürfte ohnehin vergessen haben, wer er ist und was ihm das Leben noch wert sein kann.«

»Ich denke«, räumt Merlin ein, »diese Stadt ist ein einziges Trugbild, ein morbider Albtraum, dem das Chaos bereits genügt, um zu überleben, gänzlich dem Prinzip folgend, dass alles möglich ist, man muss es sich nur oft genug einreden.«

»Insofern sollten wir nicht versäumen, dieser Gesinnung vorzubeugen«, erklärt Lara, »wie sagten Sie doch, die Welt ist ein ewiges Mühlrad, ein nimmermüdes Perpetuum mobile, das sich immer wieder neu in Erfahrung bringt. Gehen wir also davon aus, dass das Geschehen von heute nicht die Diktion von morgen ist, eher schon der Abgesang von gestern.«

»Ein Thema, das wir exklusiv diskutieren sollten«, befindet der Regisseur, »natürlich in entsprechendem Rahmen und zu einem späteren Zeitpunkt, derweil das Motto durchaus unter dem Begriff *Und es dreht sich doch* stehen könnte.«

»Der Markt der Ideen war nie reichlicher gesegnet«, stimmt Arabella zu,»trotzdem sollten Sie nicht vergessen, dass wir den heutigen Tag dem Museum gewidmet haben, weniger im Wissen, was uns erwartet, als in der Hoffnung, dass alles zur Zufriedenheit abläuft, sich eine Menge interessanter Artefakte einfangen lassen und die ausgestopften Fledermäuse keine unnötigen Lebensqualitäten entwickeln.«

»Bislang haben Sie die Segel stets an den Wind gebracht«, übernimmt der Regisseur,»hoffen wir nur, dass er diesmal aus einer bequemeren Richtung bläst. Aber wie gesagt, wer vor nichts zurückschreckt, dem bleibt das Schicksal gewogen.«

Wie vorgesehen sind es dann die präparierten Fledermäuse, die Lara ihrem Publikum erläutert, stellt sich den mäßig erleuchteten Scheinwerfern, blickt in die Kamera und erklärt den umherstehenden Gästen, dass etwa neunhundert Arten darauf warten, aus ihrer mutmaßlichen Finsternis heraus ins rechte Licht gerückt zu werden. Weist darauf hin, dass sie sich dazu bekannt hätte, lediglich die Einführung zu übernehmen, die wesentlichen Details könne man über die bereitstehenden Computer in Erfahrung bringen.

»Die Fledermäuse, oftmals als Vampire beschimpft, fährt sie fort, sind entschieden friedlicher als ihr Ruf, sie sind gesellige und höchst sozial veranlagte Säugetiere mit einer auffallend geringen Fortpflanzungsrate. Sie können gemäß ihres Sonarsystems und kooperativer Zugehörigkeit Gefahren schnell ausfindig machen und somit ihre Nachkommenschaft sicherstellen. Außerdem ziehen sie es vor, sich in die Obhut der Höhlen zu begeben und hängen zum Ärger vierbeiniger Jäger unerreichbar an der Decke. Noch bis ins 18. Jahrhundert glaubte man, dass die skurrilen Nachttiere über extrem gute Augen verfügen. Erst Jahrzehnte später entdeckte man, dass die Fledermäuse nahezu blind sind, und dass sie ihren außergewöhnlichen Orientierungssinn einer ausgeklügelten Ultraschalltechnik zu verdanken haben. Bereits die Tatsache, dass sie kleinste Objekte millimetergenau erfassen und bestimmen konnten, brachte es mit sich, dass das Interesse nicht nur seitens der Forschung geweckt war, natürlich in vermehrtem Maße auch des Militärs. Würde man über ein entsprechendes Ortungssystem verfügen, ließen sich neue Strategien entwerfen und, wie sich denken lässt, das Potential der Vernichtung beträchtlich erhöhen. Gewiss hat man diese Entdeckung erst einmal mit einer Absolution bedacht, wenn auch zu ersehen war, dass sich diese Euphorie in Grenzen halten sollte. Sehr bald schon fanden sich diese Gerätschaften in allen Armeen der Welt ein, nicht zum Segen des Friedens und nicht in versöhnlichen Händen. So gesehen ist die Fledermaus nicht unbedingt ein Geschenk des Himmels, ketzerisch vermerkt, eher schon eine List des Teufels.«

»Ihr Mythos ist also kein Zufall«, sieht sich Merlin genötigt, ihren Redefluss zu unterbrechen. »Nicht auszudenken, welche Entwicklung anstünde, würden wir irgendwann den heiligen Gral der Technik ausfindig machen. Die Wundersamkeiten dürften zusehends Einzug halten, vermutlich aber nicht die Wunder, die wir uns damit versprachen.«

Was immer der Professor damit kundtun möchte, der Anblick Laras könnte durchaus zu seiner Verwirrung beigetragen haben. Das, was sie zu verteilen hat, ist Sprengstoff erster Güte und zuweilen durchaus ein Konzentrationshemmnis.

Trotzdem möchte man ihm nicht unbedingt voyeuristische Gelüste unterstellen. Zieht man seine dick verglaste Brille zu Rate, müsste er schon mit dem Ortungssystem einer Fledermaus in Konkurrenz treten. Und da die meisten Unterbrechungen Vorboten weiterer Unterbrechungen sind, verkündet Arabella, dass die Crew soeben mit einer Hiobsbotschaft konfrontiert wurde, bittet die Gäste, sich in die Cafeteria zu begeben, bedankt sich für die Aufmerksamkeit und ist zuversichtlich, den Dreh schon bald wieder fortsetzen zu können.

»Hier ein Crash, da ein Crash, was könnte schon unterhaltsamer sein«, spottet Merlin, »und wenn sie uns auch noch in geselliger Runde erreichen, möglicherweise bei einem Glas Wein plus einer gediegenen Zigarre, dürfte dieser Tag bestens gelaufen sein.«

»Man muss nicht erst dem Orakel von Delphi seine Hand anbieten, um in Erfahrung zu bringen, dass hier in der Tat etwas im Argen liegt,« stimmt Alexander zu, »trotzdem sollten wir nicht gleich das Schlimmste befürchten; wer sich mit Fledermäusen umgibt, muss mit Vampiren und Schreckgespenstern rechnen.«

»Jetzt, da wir festgestellt haben, dass es wenig Sinn macht, etwas zu kontrollieren, was sich nicht kontrollieren lässt«, pflichtet Merlin bei, »sollten wir uns Dingen zuwenden, von denen wir Ahnung haben. Da wäre nochmals der Schoppen Wein zu nennen, eine gefällige Zigarre oder das Gespräch mit Carlotta Niesmacher.«

»Sie sind ein notorischer Schwätzer«, erwidert Carlotta, »wenn Ihnen einmal nichts Gescheites einfällt, versuchen Sie es mit Beleidigungen. Dabei hätte ich es wissen müssen«, strapaziert sie ihr Gedächtnis: »Wer den wissenschaftlichen Nachweis erbringen möchte, Kakerlaken besäßen ein Bewusstsein, hält nicht viel von sich selbst und gewiss noch weniger von anderen.«

»Ihren Worten darf ich entnehmen, dass Sie mir einiges zutrauen«, schließt Merlin auf, »vielleicht empfinden Sie das aber auch nur, weil Sie mit anderen Vorstellungen begütert sind. Sie sehen sich provoziert oder fühlen sich ungerecht behandelt, irgend so etwas wird es wohl sein, dass ihnen über die Leber gelaufen ist. Nichtsdestotrotz möchte ich Ihnen versichern, dass eine Zigarre manchmal auch nur eine Zigarre ist.«

»Wenn sie es dann wirklich ist«, zeigt sich Lara interessiert, »Ihnen gibt sie mehr als eine barbusige Schönheit auf Ihrem Schoß. Für Sie ist sie die Flucht ins Nirwana, ein Perpetuum mobile der Allmacht, mehr als fünf Bücher und mindestens ein paar tausend Rauchringe.«

»Nicht durch unseren Forschungsdrang sind wir klüger geworden, möglicherweise aber durch unsere Misserfolge«, lenkt Regieassistenten Arabella ein und bemerkt, dass einige ihrer Mitarbeiter den heutigen Morgen dazu nutzen wollten, die Fledermäuse in ihren Verstecken festzuhalten und für die Nachwelt zu dokumentieren. »Die Konsequenz mutet sich allerdings äußerst befremdlich an. Nachdem sie die ersten Scheinwerfer installiert und die Kameras in Position gebracht hatten, bot sich ihnen ein Bild des Jammers, nüchtern besehen, ein einziges Sterben, ein Todeskampf, wie man ihn sich nicht gruseliger ausmalen kann.«

»Und es ist nicht das einzige Entsetzen, das unseren Männern widerfuhr«, unterbricht sie der Regisseur. »Wie aus dem Nichts geklopft, schritten plötzlich drei Mönchskutten an ihnen vorbei, teilnahmslos und apathisch. Ihre Gesichter waren mit lackschwarzen Masken bedeckt und ihre Hände wie zur Andacht in den Ärmeln vergraben. Augenscheinlich schwebten sie wie in Trance dahin, unwirklich und gespenstisch, derweil das eigentliche Phänomen noch darin bestand, dass diese Gestalten nicht von den Kameras erfasst werden konnten, was die Befürchtung aufkommen ließ, man sei womöglich von Halluzinationen befallen.«

»Nicht was wir sehen oder nicht sehen ist von Bedeutung, sondern wie es sich ergründen lässt«, schickt sich Lara an, die Gemüter zu beruhigen. »Eventuell war es Magie der Luxusklasse, wer möchte dies schon ausschließen? Entschieden bedenklicher hingegen erscheint mir den Zustand der Fledermäuse, ihr plötzliches Dahinsiechen ließe sich nur mit einer epidemieähnlichen Erkrankung erklären. Folglich sollten wir äußerst wachsam vorgehen. Inzwischen gelten sie sogar als Verbreiter der Tollwut, eine sorgfältige und professionelle Analyse wäre also vonnöten.«

Dann wendet sie sich an Carlotta Niesmacher und meint, dass sie sich höchst persönlich einschalten sollte, niemand sonst verfüge über die entsprechenden Kompetenzen und Verbindungen.

Was Lara allerdings nicht bedenkt, ist ihre derzeitige diffuse Verfassung. So ergeht es Carlotta gleich jemandem, der sich bereits damit zufrieden geben würde, seine Sprache wiedergefunden zu haben. Folglich dürfte der erste Schritt darin bestehen, sie zunächst einmal wachzurütteln und aus dem Eisblock ihrer inneren Starre zu befreien.

»Ich will es nicht beschwören«, mutmaßt Alexander, »aber die Luft um uns scheint dünner geworden zu sein, vielleicht auch aggressiver und, was niemand für möglich hält, sie dürfte vom Abgesang der Fledermäuse durchtränkt sein, von ihren Ängsten und Todesahnungen, mit Stimmfrequenzen, die jenseits unserer Wahrnehmung beheimatet sind und diverse Emotionen entfachen. Erst kürzlich passierte es, dass eine Kuhherde aus nicht ersichtlichen Gründen in Panik verfiel, Pferche und Zäune niedertrampelte und zur potentiellen Gefahr für Leib und Leben der Anrainer wurde, derweil eine hochnäsige Garnison von Enten und Gänsen das Trottoir in Beschlag nahm und wie zur französischen Revolution den Marsch auf die Bastille zelebrierte.«

»Sicherlich ist die Hölle um uns heißer geworden«, erwidert Lara, »aber nicht so explizit, als dass wir unsere Besorgnis mit dem Teufel abstimmen müssten. Das, was unter den Sohlen brennt, ist unsere eigene Nachlässigkeit. Wer immer nur die anderen machen lässt, weiß nicht, was ihm das Leben einbringt, er verschenkt nicht nur die besten Gelegenheiten, am Ende hat er nichts, was er vorweisen könnte, außer vielleicht ein paar hübsch manikürte Fingernägel.«

»Ich möchte doch annehmen«, hält Arabella das Fähnchen des Widerspruchs aufrecht, »dass damit die menschliche Unzulänglichkeit gemeint ist, unser Sitzfleisch, vielleicht noch die

Mystik der Stühle, die Befürchtung, darauf kleben zu bleiben, würden wir uns weiterhin der Untätigkeit verschreiben.«

»Das ist leichter gesagt als verhindert«, zieht Merlin seine Füße unter dem Tisch hervor und erklärt, dass sie schon mal besser aufgehängt waren, inzwischen jedoch gehorchten seine Beine mehr dem Ischias als gut gemeinten Ratschlägen.

»Wenn da nicht eine gewisse Sentimentalität mitschwingt«, sucht Alexander seine Wehleidigkeit auf, »das sind nun mal die kleinen Opfer, die man mit dem Alter bezahlt, auch wenn ich bislang niemanden kennen gelernt habe, der mit sich selbst zufrieden war, es sei denn, er lügt oder ist ein hoffnungsloser Romantiker.«

»Falls es dir lieber ist, Prioritäten zu setzen«, entgegnet Merlin, »würde ich zunächst einmal die Empfehlung unterbreiten, diese Stadt so schnell es geht hinter sich zu lassen, bestenfalls solange dies noch möglich ist und der Gott der Ungeheuerlichkeiten die Tore nicht mit neuen Schlössern behängt hat.«

»Wie schon einmal erwähnt«, begibt sich Arabella auf den Pfad der Tugend, »das größte Risiko, das man eingehen kann, ist nichts zu riskieren, und welcher Journalist möchte sich diese Schmach schon gestatten? Insofern werden wir Ihnen wohl noch eine Weile erhalten bleiben oder auf den Geist gehen. Außerdem kann nichts so widersinnig gedeihen, als dass wir das Pflänzchen Wahnwitz nicht vor die Kamera bringen könnten.«

»Ich wäre mir da nicht so sicher«, erwidert Merlin, »dieser Ort ist eine einzige Illusion, eine Episode geheimnisvoller Rätsel, frei vertont und gleichsam überall in Ketten liegend, die Magie all dessen, was dem Buch *Stadt der Fledermäuse* wie eine Partitur bereits vorliegt, unabdingliche Texte, die nachgespielt sein wollen, eventuell sogar bis zum bitteren Finale.«

»Wenn uns schon ein gemeinsames Los beschieden ist«, so der Regisseur, »sollten wir auch ein gemeinsames Ziel verfolgen. Wir haben eine beschlossene Sache, nun wäre es nur gerecht, nicht tatenlos daneben zu stehen. Wollten wir also nicht ins Abseits geraten oder dem Spott der Allgemeinheit verfallen, sollten wir den Spiegel der Betrachtung ausnahmsweise mal nach innen hin aufklappen, vielleicht ist es uns vergönnt zu erkennen, dass wir am besten in uns selbst aufgehoben sind. Bestreiten wir ganz einfach, was dem Buch der Fledermäuse zugrunde liegt. Solange es uns gelingt, den Kopf vor unliebsamen Geistern zu bewahren, solange wird es nicht spuken und womöglich auch nichts passieren, was wir fürchten müssten.«

Kapitel 12

»Es ist schon erstaunlich, was die Menschen so alles in Erwägung ziehen, um sich nichts einfallen zu lassen«, bemüht Merlin die Gesellschaft Alexanders. »Konsequenterweise sollte man sich schon fragen, mit wie vielen Illusionen wir noch geprügelt werden müssen, um endlich aufzuwachen. Dabei dachte ich, die Leute des Fernsehens würde eine Ausnahme machen. Offenkundig aber treten auch sie immer wieder in die gleiche Pfütze, zumindest schaut es nicht so aus, als würden ihre bisherigen Aktionen dazu gereichen, sich mit Ruhm zu bekleckern. So wie es sich andichtet, werden es nicht die schnellen Bilder sein, mit denen sie ihre Verdienste heimfahren. Eher schon ist zu befürchten, dass sie neben den dubiosen Fledermäusen den Orbit unseres hübsch gemeißelten Schädels entdeckt haben, sich seiner wirren Kreise annehmen und unter dem Aspekt *entartete Kunst* ein neues Drehbuch verfassen. Hoffen wir nur, dass ihr Aktionismus nicht so weit gediehen ist, uns einen Solopart anzuhängen. Jedenfalls wäre ich mir bei Lara nicht so sicher, zuweilen flirtet sie mit jedem Parcours, wenn er nur schwierig genug gesteckt ist, wobei immer noch so viel Luft dazwischen liegen dürfte, dass auch jedes andere Ziel erreichbar scheint.«

»Etwas mehr Optimismus wäre schon angebracht«, hält ihm Alexander entgegen, »wer nichts in Aussicht stellt, kann auch nichts erwarten, die Jugend ist das Refugium des Experiments und nicht des Kalküls.«

»Um der Wahrheit die Ehre zu geben, der Vergleich kollidiert mit deinen Wunschvorstellungen«, so Merlin. »Bisweilen teiltest du die Meinung, dass die Welt mit Trugbildern und Hirngespinsten überversorgt ist, was bedeutet, dass du nichts ausschließen kannst, erst recht nicht, was du ausschließen möchtest. Der wahrhaftigste Spiegel einer Frau, das sind die Komplimente anderer, intelligent verordnete Lobeshymnen, wenn sie nur der persönlichen Eitelkeit gerecht werden.«

»Ich denke«, ordnet Alexander seine Gedanken, »man braucht sehr lange, um das zu sein, was man sich vorgenommen hat und noch mehr Zeit, um es zu akzeptieren. Insofern sollten wir Lara unter die Arme greifen, die Zukunft ist der Raum, den niemand verlassen kann. Geben wir dem alten Phlegma also einen neuen Anstrich, der eingebuddelte Tag wartet darauf, an die Oberfläche zurückgeholt zu werden. Diese Stadt hat zwei Gesichter, mal dem Lichte zugekehrt, mal der Finsternis. Und sie ist die geeignete Projektionsebene für Mumien und Gespenster, vielleicht auch die Fratze einer doppelköpfigen Hydra.«

»Was uns ängstigt«, mutmaßt Merlin, »versteckt sich im Geschehen des Alltags, es ist überall anzutreffen, hinter der Werkbank, im Senat oder Schulwesen, als Priester, Jüngling oder Jungfrau.«

»Der Nährboden für zwielichtige Gestalten«, überlegt Alexander, »ist nicht wählerisch und dürfte hier wie dort gewährleistet sein, damals wie heute. Hat das Böse erst einmal zugeschlagen, ist alles gleich unwichtig geworden. Soweit ich mich erinnere, gab es nie Probleme damit, Probleme zu schaffen. Sie aber mit den Mitteln zu lösen, durch die sie entstanden sind, hat bislang nur den totalen Irrsinn besorgt. Und wer zuweilen glaubte, er sei verschont geblieben, hat bereits seinen Beitrag dazu geliefert, entweder durch Ahnungslosigkeit oder stupide Arroganz, irgendwie ist man immer eingebunden, erst recht, wenn man wegschaut.«

»Mir scheint«, unterstreicht Alexander, »dass der Appetit auf verschwörerische Aktivitäten in dieser mittelalterlichen Ansiedlung besonders ausgeprägt ist. Insofern könnte die Zeit von gestern das Spiel von morgen werden, falls die ansässigen Bewohner nicht schon auf dem Wege sind, dem Höhlengesicht der hiesigen Vampire innigstes Abbild zu sein.«

»Wie du dir denken kannst«, ermittelt Merlin, »lassen sich die anstehenden Schwierigkeiten nicht mit einer herkömmlichen Giftspritze verscheuchen. Möglicherweise wäre es sogar ratsam, die heimischen Gespenster im Gebälk der Katakomben zu belassen. Die Fledermäuse werden ihre Gesellschaft nicht fürchten müssen, sie könnten sich gegebenenfalls mit ihrem Virus zur Wehr setzen, dann gewiss auf eine wesentlich elegantere und effektivere Art.«

»Dass die unerbittlichen Exorzisten immun sein könnten, schließt du kategorisch aus«, zeigt sich Alexander skeptisch, »dabei sollten wir uns erinnern, dass die Ratten nicht an der Pest gestorben sind; demzufolge dürften wir gewarnt sein, es gibt immer ein paar Überraschungen, die wir nicht einkalkuliert haben.«

Bestimmt hätte sich Merlin eine genehmere Unterhaltung vorstellen können. Ein paar Unstimmigkeiten weniger und ein bisschen mehr Spaß hätten ihn möglicherweise noch dazu animiert, eine Zigarre zu zünden. Nun jedoch erweist sich der Gedanke, den Garten des Museums aufzusuchen, als Schuss in den Ofen. Wieder einmal zeigt sich, dass Gefälligkeiten gnadenloser sein können als jeder Irrtum.

So beseelen dann die beiden Diskutanten den ursprünglich zum Idyll erhobenen Brunnenrand weniger mit baumelnden Beinen als mit hängenden Gesichtszügen, derweil die lädierten Putten rechts und links neben ihnen jeglichem Hohn entsprechen; wenn man den gesellschaftlichen Vergleich wagen möchte, mindestens ebenso komisch wie sentimental.

Dennoch hindert es Alexander nicht, die im Morast versandete Quelle mit neuerlichen Spekulationen zu versorgen. Und als sähe er sich durch ihren faulen Tiefgang inspiriert, findet er zum Grund aller Gründe zurück, dem allgegenwärtigen Moloch, der die Wirklichkeit frisst und die Normalität auslöscht.

»Im Besonderen vollzieht sich das wie folgt«, konkretisiert Alexander, »man rennt gegen Mauern und Wände, gegen imaginäre Hindernisse, die überall und nirgends vorhanden sind, die uns umzingeln und einkreisen, als hätten wir mit dem Jenseits Bekanntschaft geschlossen, wahrscheinlich gar mit der Endstation aller Sehnsüchte, derweil nicht auszuschließen ist, dass wir uns längst abhanden gekommen sind und mit unserer Einbildung vorlieb nehmen müssen.«

Und der Magie nicht genüge getan, zur weiteren Verunsicherung Merlins und zur Belebung seines Aberglaubens verweist Alexander auf die bis zur Unkenntlichkeit verwitterten Hinweisschilder vor den Toren der Stadt. »Gleich in welche Richtung der Wind sie dreht, am Ende werden wir uns darauf einstellen müssen, dass jeder dieser Wege mitten durch die Hölle führt.«

»Ein gutes Gespräch«, offenbart sich Kollege Merlin, »besteht in der Wechselwirkung zwischen Reden, Zuhören und Antworten, zumindest für einen Normalbürger und erst recht, wenn sich jemand in seinem Phlegma behütet und beschützt sieht. Das, was du von mir erwartest, ist eine Erleuchtung und keine Erklärung. Dabei müsstest du beherzigen, dass du nichts von Freunden erwarten kannst, wozu du nicht selbst bereit bist, es dir zu gewähren. Gib dir also Mühe, deinen höchstpersönlichen Ereignishorizont zur Nüchternheit zu verpflichten, was er dir zu sagen hat, ist weit mehr, als dir die anderen verraten könnten. Gehe also mit dir selbst ins Gericht, der Herr wird es dir danken und, was zu hoffen ist, dir ein gescheiterer Ratgeber sein.«

»Unser Verstand war nie anfälliger als schon immer, vor allem, wenn wir ihn am Dringendsten benötigen«, schießt Pater Domenico wie ein Pilz aus dem Boden, überaus spirituell, fast schon wieder etwas zu viel des Übersinnlichen, sozusagen himmlisch verklärt oder engelsgleich. Wie sonst ließe es sich erklären, dass jemand mit der schwärzesten Kutte, die der

Schöpfer dieser Welt anzubieten hat, so viel Licht verbreiten könnte?

»Die Qualität eines Dialogs besteht darin, zu wissen, wann man ihn beenden muss«, empfiehlt sich Merlin,»vieles von dem, was man sich von der Seele reden möchte, ist gleichsam das Potential dessen, womit sich andere überfordern oder auch belasten.« Verabschiedet sich von der zersplitterten Marmorfassung der Zisterne, beklagt seinen angegriffenen Hintern, blinzelt gegen die Sonne, hüpft in den bereitgestellten Tag und ist sich sicher, dass man sich zu gegebener Zeit wieder über den Weg laufen würde.

»Unser Mysterium ist es«, wertet Domenico,»außerhalb jeglicher Festlegung den Zeitpunkt zu wählen, den wir gemeinhin als Zufall bezeichnen. Außerdem ist damit zu rechnen, das Lara im Hinblick auf ihre geschichtliche Exkursion den gespenstischen Bereich der Sarkophage nicht aussparen wird. Die museumsinternen Katakomben dürften dem gewünschten Ambiente ebenso nachhaltig wie spannungsvoll beiseite stehen.«

»Und wer möchte behaupten«, steuert Alexander bei,»dass die Mumien keinen besonderen Reiz auf uns ausüben, schließlich verkörpern sie mehr als nur Haut und Knochen, denn die Begegnung mit dem so gepriesenen Leben danach, insbesondere, wenn auf ihren Lippen der Obolus erhalten blieb, mit dem sie den Fährmann des Jenseits entlohnen konnten.«

»Habe ich etwas verpasst oder bin ich auf dem verkehrten Dampfer?«, bemüht Domenico das Licht am Ende des Tunnels.»Falls von Gott die Rede sein sollte, ließe dieser sich weder bestechen, noch mit einer Münze einfangen.«

»Die Frommen haben die Psychoanalyse nicht erfunden, wahrscheinlich auch nicht gewollt«, hält Alexander dagegen,»insofern solltest du dem Geschwafel nur so viel Bedeutung beimessen, wie es dir gelingt, die unsinnigen Details so schnell es geht wieder zu vergessen.«

Dass er damit den sakral bestellten Kopf Domenicos entlastet haben dürfte, entbehrt nicht der Vermutung, dass ihm gegenwärtig ein weitaus größeres Debakel zu Gesicht steht. So entdeckt er auf seinem gottesfürchtigen Antlitz ein paar blutige Striemen, wie sie nur der Teufel verschreiben konnte, wobei es müßig wäre, der Hölle Rache ins Benehmen zu rücken. Letztendlich verdanken wir die meisten Peinlichkeiten der lapidaren Wirklichkeit unseres diesseitigen Lebens.

Und da Alexander bekanntermaßen mit Hypothesen rasanter bei der Hand ist als mit Geduld und Toleranz, sieht sich Domenico schneller in den Zeugenstand erhoben, als ihm lieb ist, indes sein Geständnis, dass er diese Schmisse einem tollwütigen Falken zu verdanken habe, sichtlich verlegen daherkommt, zumal ihm der Herr des Himmels diese Schmach auch hätte ersparen können.

»Gewiss kein alltägliches Begehren«, beklagt Domenico, »weder für den leidlich Geprüften, noch für den missratenen Greifvogel. Wie man sieht, gibt es das Leben einfacherer Art nur als Höhlenzeichnung, es ist einige tausend Jahre alt oder bislang nur als Wunschtraum in Erscheinung getreten. Natürlich wirst du mir gleich verraten, dass es keinen Grund gibt, nicht auch Grundsätzlicheres dahinter zu vermuten, und dass sich der Vorfall nur im Benehmen geheimer Kräfte nachvollziehen ließe.«

»Damit liegst du keineswegs daneben«, bemüht sich Alexander um eine adäquate Antwort, »das unvermeidliche Ereignis sollte und darf keine Frage des Schicksals sein. Entweder hast du zu spät reagiert, die Problematik unterschätzt oder ganz einfach zu wenig nachgedacht. Der originelle Geist bemerkt, was dem gewöhnlichen entgeht, es ist also immer wieder ratsam, das Geschehen so zu sehen wie es sich darstellt und nicht, wie es sich verdient machen möchte. Um es mit einem Beispiel zu belegen: Lauschte man bisher dem Gesang morgendlicher Himmelsvögel, geben sie sich inzwischen längst nicht mehr so leutselig, falls sie nicht schon durch Abwesenheit glänzen. Entschieden tragischer ist allerdings, dass sich niemand davon betroffen fühlt. Es fehlen nur ein paar Stimmen, weiter nichts, der Welt wird's schon nichts anhaben können, derweil das eigentliche Phänomen doch darin besteht, dass sich ihnen diese Frage nicht einmal stellt, ähnlich den Fischen, die das Wasser nicht sehen, gleichwohl sie ihm ihre Existenz verdanken. Außerdem dürfte jedem bewusst sein, dass sich die Partitur des Lebens nicht so ohne weiteres verändern lässt, sie ergibt sich Ton für Ton und Note für Note, sie verkörpert das Gleichgewicht der Natur und alles andere, was wir als Harmonie bezeichnen.«

Es ist sicherlich nicht verwunderlich, dass sich Domenico mit Alexanders Ausführungen überfordert sieht. Jedenfalls scheint er nicht unbedingt willens, ihm bedenkenlos hinterherzureisen; eine Inspiration, die ihm jedoch im Augenblick nicht viel einbringt. Momentan ist Alexander in der Spur einer Bobbahn, und wie sich denken lässt, kaum aufzuhalten. So berichtet er nicht minder engagiert über das befremdende Verhalten der Ameisen, den Zerfall ihrer Straßen und deren Potential zur Aggression. Kaum hatten sie sich in alle Winde verstreut, war es zu Ende mit ihrer Disziplin, spontan verfeindeten sie sich, fielen übereinander her und ließen nichts aus, sich gegenseitig zu massakrieren.

»Und der Beispiele längst nicht genug«, beansprucht er Domenicos Aufmerksamkeit. »Zu guter Letzt waren es die Bienen, die sich dem Trend der Verabschiedung anschlossen und sich im wahrsten Sinne des Wortes aus dem Staub machten, womit das Requiem der Blüten und Pollen eingestimmt sein dürfte, vermutlich mit der atonalen Sequenz, dass auch ansonsten nichts mehr geht und sich in der gottgewollten Verkettung aller Dinge eine beängstigende Lücke auftut.«

»Wenn da nicht eine gehörige Portion Poesie mitschwingt«, ereifert sich Domenico. »Wüsste ich nicht um dein musikalisches Talent, müsste ich annehmen, dich hätten die Fledermäuse infiziert, du hörtest im Ultraschallbereich oder erhebtest den Anspruch, nicht wahrnehmbare Töne in Sprache umzusetzen. So gesehen wirst du nicht leugnen können, dass dir die Realität schon immer ein genehmes Vorurteil war, ein Konglomerat aus Wahrheit und Dichtung, wobei es dir stets gelang, der Dichtung den Vorzug einzuräumen.«

»Wie immer wir uns der Schöpfung nähern möchten«, orakelt Alexander, »ohne Poesie wäre sie letztmöglich nicht denkbar. Falls du dich erinnerst, am Anfang war das Wort, und das Wort war Gott. Insofern solltest du etwas mehr Intuition walten lassen; hätte der Herrscher des Universums ausschließlich sein Gewissen zurate gezogen steckten wir womöglich immer noch in einem Erdklumpen.«

»Nun, da wir uns gegenseitig auf die Füße getreten haben, sollten wir uns dazu bekennen, uns wieder in die Augen zu schauen«, bescheinigt Domenico, »immerhin weiß ich inzwischen, wovon du redest und was deine Ahnungen sind.«

»Nennen wir es Stimmen der Angst«, pflichtet Alexander bei, »nicht unbedingt hörbar und dennoch im Kontext innerer Wahrnehmung, bewusst oder unbewusst. Unser Gehirn ist ein trügerisches Unternehmen, gerade so wie es unseren Vorstellungen entspricht, ein Kaleidoskop der Selbsttäuschung und Einbildung, halt ein gerissener Gaukler.«

Kapitel 13

»Sprechen wir über Mumien«, stellt sich Lara dem dünnen Licht der Katakomben, »meinen wir leer geplünderte Leichen, präpariert für eine halbe Ewigkeit oder für die Zeit des Vergessens. Wenn eine vertraute Person stirbt, verabschiedet sich ein Teil unseres Selbst, augenblicklich ist nichts mehr so, wie es einmal war. Furchtsam und hilflos stehen wir vor dem Debakel, was nun werden soll und wohin die Reise geht. Offenkundig ist der Tod der Versuch der Natur, Näheres über sich und das Leben in Erfahrung zu bringen. Mit einem Male bekommen die Dinge einen übersinnlichen Anstrich, nicht zuletzt durch die Angst vor dem Ungewissen, dem inneren Zweikampf zwischen Bangen und Hoffen.«

»Gefühlsbetonte Beerdigungsrituale gelten als überholt, sind unzeitgemäß und, wie sich denken lässt, wenig hilfreich«, fühlt sich Umweltdezernentin Carlotta Niesmacher angesprochen. »Heutzutage bevorzugt man fröhlichere Bestattungsarten. Zuweilen verzichtet man auf jeglichen religiösen Schnickschnack, auf Kränze und Schleifen, langatmige Litaneien und ausgeleierte Sprüche. Im Großraum von Los Angeles erinnert die Totenfeier eher an eine Geburtstagsparty. Die Särge stehen graffitiverziert im Zentrum der Festivität, während die Gäste bei Jazzmusik und Champagner ausgelassen tanzen und singen. Und leben wir nicht im Zeitalter des Intellekts«, bemüht sie das Auge der Kamera, »in einer Welt, da der Verstand das Sagen und heilige bis scheinheile Emotionen das Hintertreffen haben?«

»Ich denke nicht, dass dies der Fortschritt ist, den wir uns wünschen sollten«, erwidert Lara, »vielmehr deutet alles darauf hin, dass wir vermehrt einer inneren Verrohung und Blasphemie ausgesetzt sind, und diese Entwicklung ein beängstigendes

Zeichen unserer Gesellschaft ist, unabdinglich davon, dass es keinen Wertezerfall gibt, den wir nicht verdient hätten.«

»Wer vor der Vergangenheit flieht, sie ignoriert oder respektlos behandelt, wird nicht mit der Zukunft rechnen können«, sucht Domenico mit Blick auf die umherstehenden Gäste den Chor der Zustimmung, sieht sich auf die Kanzel der Predigt gehievt, beeilt sich, das Kreuz Jesu auf die Leidensseite zu drehen und verkündet in gewohnt rhetorischer Manier, dass die Menschen irgendwann mit ihren Gedanken ein Flugzeug steuern können, nicht aber ihren Kopf.

»Wenn du glaubst, ich hätte Ambitionen, dich bei deiner nächsten Predigt zu unterbrechen«, so Lara, »hast du richtig gedacht, offenkundig muss es von besonderer Genugtuung sein, jemandem das Wort zu beschneiden.« Kommt angesichts künstlicher Erregung und fortgeschrittener Chemie übergangslos auf die spezifischen Qualitäten einer Mumie zu sprechen, dezidiert eingehend, dass es sich bei ihr um eine leere Hülle handelt, der nicht nur die Innereien fehlen, sondern erst recht Geist und Seele, auch wenn sie nicht so ausschaue, als wollte sie sich damit zufrieden geben. Dieser Zustand scheint für jeden Betrachter der Übergang in ein anderes Leben zu sein, als wollte die Leiche dem angesagten Tod widersprechen oder auch entfliehen.

Dass dies der Moment sein dürfte, die Besucher mit dem Corpus delicti bekannt zu machen, ergibt sich eher spontan als geplant. Plötzlich knickt eine der konservierten Gestalten in sich zusammen, vornehmlich zur Bestürzung der Beleuchter, die zu spät reagieren und zum Entsetzen der Gäste, die bislang davon ausgingen, einer Gruft der Verstorbenen beizuwohnen. Nun allerdings präsentiert Lara gleichsam eine zwölfköpfige Soldatenriege mit verzierten Rockschößen und Dreispitz auf den Köpfen, derweil ihre spindeldürren Beine immer noch in den Schaftstiefeln stecken, beinahe skurril, fast schon wieder ein bisschen extravagant. Dass es sich bei diesen durchweg stämmigen Kriegern um eine Nachhut gehandelt haben müsste, lässt sich anhand der Lebensmittelrationen nachvollziehen, möglicherweise war es ihr Auftrag, Diebesgut zu bewachen und sicherzustellen.

»Allerdings nur bis zu dem Moment, da ihnen der Stollen, unter welchem Einfluss auch immer, zur Falle wurde«, steuert Merlin bei, »man könnte also behaupten, dass das, was der Mannschaft grimmiger Frontkämpfer damals versagt blieb, den Schergen späterer Tage als Glücksfall diente, auch wenn ihnen beim Anblick der bajonettgestützten Wachsoldaten der Zugriff auf die Beute schwer gefallen sein müsste.«

»Es handelt sich in der Tat nicht um Skelette, sondern um Leichen«, hebt Lara wiederum an. »Für diesen Umstand ist die chemische und klimatische Beschaffenheit der Grotte zuständig. Wahrscheinlich kam es in ihren Körpern zu einem schnellen Wasserentzug, eine Voraussetzung, um den Verwesungsprozess einzudämmen oder zum Stillstand zu bringen.«

»Zur altägyptischen Praxis gehörte es, Tote im heißen Wüstensand zu bestatten«, mischt der Museumsdirektor das Thema auf, »mit der Konsequenz, dass sie über lange Zeit hinaus ein lebensähnliches Aussehen behielten. Erst im Neuen Reich, Mitte des zweiten vorchristlichen Jahrtausends entwickelten die Ägypter Techniken der Mumifizierung. Die Sarkophage waren aus edelsten Hölzern gearbeitet, bestückt mit goldenen Hieroglyphen, künstlerisch wertvollen Bildern und Symbolen. Die Kultur der damaligen Zeit verlangte es, dass Könige oder Götter standesgemäß zu Grabe getragen wurden.«

»Was ihnen im Leben beschieden war, sollte der Tod nicht auslöschen«, übernimmt Lara wie vorgesehen ihren Part. »Also erfand man das Jenseits neu, alles musste nach bestimmten Ritualen geschehen, Sternkonstellationen mussten eingehalten und beachtet werden, Tempelsängerinnen wurden auserwählt und gingen dem gleichen Schicksal entgegen, sowie staatliche Würdenträger, Diener und Wachsoldaten. Die einzelnen Riten hat man auf Reliefs festgehalten, derweil nicht alles entzifferbar ist, und so einiges bis heute der Vermutung unterliegt. Wovon man allerdings ausgehen kann, ist eine anfängliche religiöse Reinigung, dann die Entfernung der Hirnsubstanz, indem man mittels eines Hakens den Nasenknochen durchstieß, die weiche Masse zerstückelte, die Flüssigkeit in einer so genannten Hirnschale auffing und den verbliebenen Rest in Leinensäckchen verpackte. Einige der benötigten Arbeitsgeräte liegen den hiesigen Vitrinen bei und wurden noch bis ins Mittelalter von der Mumifizierungswerkstatt dieser Stadt benutzt.«

»Sicherlich wäre es an dieser Stelle von Belang«, interveniert der Leiter der musealen Wirklichkeit, »darauf hinzuweisen, dass auserwählte Reliquien in Klöstern und Kirchen ihre Bestimmung fanden. Logischerweise waren Apotheken und Heilsprediger nicht minder an diversen Körperteilen interessiert, sie zerrieben und zerstampften sie, zum Inhalieren und zum Einreiben, verflüssigt oder im Original erhalten.«

Doch bevor es ihm gelingt, die Zuhörer mit seinen kannibalischen Schilderungen mental zu vereinnahmen, besinnt sich der Chihuahua mit Sprung aus Alexanders Notentasche und jämmerlichem Geheul, dem Elend menschlichen Daseins seine höchstpersönliche Musik angedeihen zu lassen. Oder, wie es Merlin zu deuten pflegt: wenn die Texte zu grausam sind, gesprochen zu werden, sollte man dazu übergehen, sie zu singen.

Dass er mit dieser Aussage den Level der Zustimmung allseits getroffen hat, ist unschwer nachzuvollziehen. Als dann die ersten Gäste, womöglich der besagten Bitternis zuliebe, dem Tageslicht zustreben, und die Katakomben im Gemurmel undefinierbarer Laute zu ertrinken drohen, zeigt sich der Regisseur gewillt, dem gespenstischen Spektakel mit einem Schnitt an die Kehle zu gehen. Selbst wenn er damit nur eine Pause verkündet, für ihn ist das Thema heiß genug, um es nicht damit bewenden zu lassen.

Was allen entgangen sein dürfte, ist die plötzliche Abwesenheit Laras, äußerst ungewöhnlich, wenn man bedenkt, dass sie Besserwissern gegenüber bislang immer noch etwas entgegenzusetzen hatte und sei es ihren unverblümten Enthusiasmus und den Willen, niemals klein beizugeben. Umso rätselhafter sodann ihr augenblickliches Verschwinden.

Gewiss ist dies der Zeitpunkt, die Situation mit den Augen Laras ins Blickfeld zu rücken. Das was passiert, dürfte selbst für sie schwerlich zu erklären sein, plötzlich zieht es sie wie von einer unsichtbaren Hand geführt in den hinteren Winkel der Grotte, sieht sie sich urplötzlich einer Lichtgestalt gegenüber, einem artfremden Wesen, das außerhalb der Schwerkraft zu existieren scheint, das sich schwebend fortbewegt, engelsgleich und jenseitsentrückt.

Nun könnte man natürlich Halluzinationen ins Spiel bringen, zwischen Traum und Wirklichkeit ist nicht viel Platz, dennoch verbietet es sich Lara, an Trugbilder zu glauben. In diesem Moment spürt sie eine nie zuvor gekannte Nähe und Vertrautheit, vielleicht auch die Berührung mit ihrem persönlichen Schicksal.

Spätestens als der Himmelsbote vor einem offenen Schrein Halt macht, sich wiederholt auf seine Brust tippt, begreift Lara, dass sie keiner Täuschung erlegen ist, und dass es sich bei dieser außerwirklichen Gestalt um Brunos Tochter Naomi handelt, derweil eine unverkennbare Verwandtschaft mitschwingt, körperlich und geistig, vielleicht sogar mit der Offerte, zwei Seelen gleichsam zu erschließen.

Als Lara sich dem Sarkophag zuwendet und die Mumie in Augenschein nehmen möchte, streift ein eisiger Wind durch die Katakombe, der Deckel des Sarges schlägt in sich zusammen, und mit ihm erlischt das Erscheinungsbild Naomis.

Wenn sie nunmehr schildern sollte, was tatsächlich geschehen ist, wird sie behaupten, sie sei mit ihren Sinnen durch ein Vergrößerungsglas spaziert, eventuell auch durch eine andere Dimension. Jedenfalls wird sie in Erklärungsnöte geraten, wollte sie das Ereignis auf einen verständlichen Nenner bringen. Bereits jetzt sieht sie sich dem blasierten Lächeln Merlins gegenüber, der geschwollenen Attitüde, dass selten jemand wisse, was Sein ist, aber immer was Schein war. Insofern verpflichtet sie sich, dem Attribut Vision oder Phantasie so wenig wie möglich Bedeutung beizumessen. Die Wahrheit wird für sich sprechen, respektive durch die Identifizierung der im Sarg befindlichen Leiche. Folglich wird es Laras Aufgabe sein, den Körper sowohl genetisch bestimmen, als auch mit einer Sonde ausleuchten zu lassen. Bereits die Operationsnarbe dürfte den ersten Hinweis dafür liefern, dass es sich bei dieser vermeintlichen Mumie um ihre Organspenderin handelt.

Während einer Erfrischungspause und eingehender Beratung der TV-Crew nimmt Lara die Gelegenheit wahr, der Regieassistentin ihre Vermutungen kundzutun.

»Wenn es nicht die Erddämpfe waren, die dir die Sinne eintrübten«, fasst Arabella zusammen, »wäre es schon von Belang, mir zu verraten, was dich zu dieser Annahme berechtigt. Der göttliche Rausch wird es nicht sein, entweder weißt du mehr oder hast treffende Gründe dafür, den Rest deines Wissens zu verschweigen. Aber wie immer die Glocken heißen, die dir hinterherläuten, solltest du Recht behalten, wirst du wieder einmal der Gefahr ausgesetzt sein, missverstanden zu werden. Außerdem sollten wir den besagten Schrein zunächst einmal nach Lebenszeichen abklopfen, so manche Leiche überdauerte den eigenen Tod oder kehrte alsbald im Gewand eines Gespenstes zurück. Hohn und Heuchelei sind innige Verwandte und äußerst anhänglich. Wollen wir also Erfolg versprechend nach vorne blicken und davon ausgehen, dass das, was wir entdecken werden, nicht an uns kleben bleibt. Das Böse ist ein hartnäckiger Gesellschafter und lässt sich nicht so leicht abschütteln.«

Als die beiden den besagten Sarkophag in Augenschein nehmen, Lara den nicht vorhandenen Staub wegzuwischen versucht, sieht sich Arabella ebenfalls in ein mysteriöses Licht gestellt. Unfähig ihre Empfindungen in Worte zu fassen, spürt sie, wie sich ein Mantel der Trauer um sie legt, beklemmend und schauerlich. Mit einem Male wird ihr bewusst, dass Lara einer Erscheinung erlegen war, wenn sie nicht schon selbst davon betroffen ist. Da sie jedoch ihrer Erziehung entsprechend

Hirngespinsten gegenüber bislang immun war und derartige Visionen höchstens als szenische Bereicherung gelten ließ, verbietet sie sich, auch nur einen weiteren Wimpernschlag an solcherlei Gedanken zu verschwenden.

Also ruft sie einen ihrer Techniker herbei und erteilt ihm den Auftrag, den Bereich dieser Kaverne für die nächste Einstellung freizuhalten, wenn erforderlich, abzusperren. Gäste seien bei dieser Sequenz weder erwünscht noch zugelassen. Die Geister, die zurzeit mitwirkten, wären jetzt schon übervorteilt und beließen ihnen kaum noch Platz, ungehindert arbeiten zu können.

»Sicherlich ist es an der Zeit«, empfiehlt sich Lara, »dem hiesigen Labor einen Besuch abzustatten und die erforderlichen Geräte, mit denen man die Umwicklungen ausleuchten kann, zu konfiszieren, wenn möglich natürlich unter Einbindung des Museumsdirektors.«

»Was immer du zu tun gedenkst«, so Arabella, »tue es lautlos und ohne Aufhebens, nicht alles, was für die Öffentlichkeit bestimmt ist, muss ihr auch gleich zugänglich gemacht werden. Wissen transportiert eine Menge Fragen und noch mehr Feindseligkeiten. Belassen wir also das Wasser in seinem Element, die Stürme werden sich noch früh genug einstellen.«

»Ich hoffe, Sie haben eine plausible Theorie«, gesellt sich der Regisseur hinzu. »Mit Experimenten dürften wir ausgehandelt haben. Bisher waren die Probleme äußerst gebärfreudig, um nicht zu sagen furchterregend fruchtbar.«

»Wenn wir immer den Weg des geringsten Widerstandes gehen«, bemerkt Arabella, »werden wir keinen Schritt vorwärts kommen und womöglich das Wichtigste versäumen. Inzwischen sollten wir den ermüdenden Anhörungen Adieu sagen und zur Beweisaufnahme schreiten«, respektive mit der Winzigkeit einer optischen Lasersonde und der fatalen Gewissheit, dass die Mumie keine Mumie ist, sondern der Leichnam eines geschändeten Mädchens.«

»Ich vermute«, so der Regisseur, »Sie gehen davon aus, dass es sich bei der sterblichen Hülle um Laras Organspenderin handelt, wirklich sensationell, vielleicht wird unser Publikum Zeuge der Aufklärung einer geplanten Bluttat, eventuell sogar eines Ritualmordes. In der Tat ein Geniestreich, falls sich dieser Verdacht bestätigen sollte. Vermutlich kämen wir allerdings nicht ohne fachkundige Beratung aus, ich denke dabei an Mumiendetektive und Operationsärzte. Insofern scheint es unumgänglich zu sein, den Sender zu involvieren und eine Direktschaltung anzustreben.«

»Sprechen wir über Theorien, meinen wir die Praxis«, verflucht Arabella den Modus ihres Assistentendaseins, zitiert die Crew zu sich, unterbreitet ihnen die besprochenen Maßnahmen und meint, dass man jeder Idee misstrauen müsse, vor allem, wenn man in der Pflicht stehe, sie auch noch selbst zu realisieren. »Aber wie gesagt, was nicht normal ist, muss die Illusion wieder herstellen.«

»Beruhigt das nicht ungemein«, meldet sich Lara mit den benötigten Instrumenten, verkündet ganz nebenbei, dass sie nicht nur die Einwilligung des Museumsdirektors vorweisen könne, sondern auch die geschulten Hände des Laborleiters Pablo Midas, und hält fest, dass man mit Verlegenheit und Missverständnissen oftmals schneller zum Ziel gelangt als mit Talent und Intelligenz. Mit anderen Worten, die Quelle des Vorurteils kann noch so trüb dahinplätschern, man muss ganz einfach dort hineinspringen, möglichst mit viel Körper und noch mehr Versprechungen.

Geraume Zeit später, nachdem die wichtigsten Formalitäten getroffen sind, Technik und Spürsinn auf ungeahnte Weise zueinander finden, filtert die Luft dann auch die ausgehungerte Gestalt Pablo Midas'. Dass an ihm ein Archäologe verloren gegangen ist, erklärt sich bereits aus der Art wie er daherkommt. Sein Teint ist aschgrau bis staubig, und seine im Afrolook belassenen Haare sind schütter und filzig.

»Wenn man bedenkt«, preist er sein Wissen an, »dass im Nildelta über fünfhundert Millionen Mumien vermutet werden und mit Aufkommen der Dampflok bereits eine Vielzahl verfeuert wurde, ist es schon verwunderlich, wie lange sich das Interesse an den Botschaftern des Jenseits halten konnte. Selbst in diesem gottlos verklärten Nest ist die Nachfrage nach ihnen in den letzten Jahren gestiegen. Standen sie noch im Mittelalter einfach so in einer Apotheke herum, bezahlt man zuweilen für sie horrende Summen, wobei die alten Relikte von den replizierten zunächst einmal nicht zu unterscheiden sind und wenn überhaupt, nur noch durch eingehende Analysen und Computertomographien.«

Alsdann verzaubert er zwischendurch die TV-Crew mit exquisiten, scharf gestochenen Bildern und erläutert im furiosen Eiltempo, dass der Sarkophag höchstwahrscheinlich historischen Datums sei, der Leichnam allerdings aus der heutigen Zeit stamme. Führt die Sonde durch eine Körperöffnung und nimmt überrascht zur Kenntnis, dass das Herz aus nicht verständlichen Gründen mit den übrigen Organen und Innereien entfernt wurde. Äußerst ungewöhnlich, wie er meint, so galt es doch, dem Toten den Sitz des Denkens, der Gefühle und der Kraft für seine Reise wie auch für eine spätere Wiedergeburt zu belassen. Außerdem entdeckt Midas am Hals der Leiche einen tiefen Schnitt, der auf eine rituelle Tötung hinweisen dürfte.

Derweil nun Lara sich in ihrer Annahme bestätigt sieht, den Körper Naomis ausfindig gemacht zu haben, beschleicht Arabella das ungute Gefühl, einer wohldurchdachten Finte ausgeliefert zu sein, allzu glatt und zu schnell stellen sich die Erklärungen ein. So wäre es für sie nicht verwunderlich, wenn der Meister der Röntgenaugen sowohl die Person als den Tathergang mit gleicher Post bestellen könnte.

Als dann der Laborleiter eine genauere Bestimmung der Mumie vorschlägt und einen genetischen Fingerabdruck bereitwillig in Betracht zieht, verfällt auch Lara der Skepsis, dass hier etwas im Argen liegt. Derart viele Zugeständnisse ließen sich nur nachvollziehen, wenn die Absicht vorherrscht, sie hinters Licht zu führen, bestmöglich vor laufender Kamera und vor den Augen fachkundiger Wissenschaftler. Grund genug für Arabella, den ersten Take der Sendung damit zu beenden. Vermittelt der Crew durch Handzeichen ihre Direktive, in die Totale überzugehen und das Geschehen auszublenden.

Just in diesem Moment, wie aus dem Jenseits geklopft, materialisiert die magische Schwärze der Katakombe die Gestalt Brunos, in seinen Armen das Bündel einer Mumie haltend, gespenstisch und geisterhaft. Und als gäbe es nichts, was ihn vom Wege abbringen könnte, schreitet er schnurgerade auf die Kamera zu, versichert sodann unter Tränen und in Scham aufgelöst, dass dies seine Tochter sei, sein Ein und Alles und seine einzige, große Liebe.

Kapitel 14

»Dass wir nunmehr einen weiteren mysteriösen Trockenfisch an der Angel haben, muss ich nicht erst erwähnen«, bemüht Arabella die ungläubigen Geister. »Würden wir den Zufall von unseren Berechnungen und Mutmaßungen abziehen, hätten wir nichts, worüber wir uns noch wundern könnten. So allerdings liegen wir voll im Trend des Publikums. Die Leute werden zwar nicht so leicht erkennen, worum es geht, aber die Spannung dürfte gewährleistet sein und die nächste Folge garantieren.«

»Da wäre ich mir nicht so sicher«, unterbricht sie der Regisseur, »wir müssen davon ausgehen, dass die Stadt der versprengten Seelen ganz allgemein zu einem nicht kalkulierbaren Risiko geworden ist. Folglich ist dann auch das Potential unserer Eitelkeit reif für ein gewisses Maß an Selbstkritik. Nicht nur, dass wir auf unabsehbare Zeit in Quarantäne versetzt werden könnten, wir hören Dinge, die wir nicht verstehen, oder sehen Gespenster, die keine sind, und wir fürchten den Gesang der Fledermäuse, die sich weder filmen noch mit Humor wegdenken lassen. Darüber hinaus sollten wir das Wohl unserer Mitarbeiter bedenken, das ihrer Familien und die faire Behandlung ihres spärlichen Gehalts. Um es auf den Punkt zu bringen: es ist an der Zeit, unseren Abschied einzuläuten. Bislang sind die Zugbrücken nicht hochgezogen, und die Tore stehen offen. Dass sich dies abrupt ändern könnte, müssen wir nicht erst diskutieren.«

»Wenn der Boss befiehlt, hat die Allgemeinheit das Nachsehen«, echauffiert sich Arabella. »Jetzt, kurz vor dem Ziel, geht Ihnen der Atem aus, Sie lassen die Flügel hängen und begeben sich ins sanfte Kissen der Obhut.«

»Der Ehrgeiz beflügelt den Optimismus«, erwidert der Regisseur, »und der Optimismus die Gefahr, zu viel gewollt und zu wenig bedacht zu haben.«

Entsprechend weist er die Crew an, die erforderlichen Maßnahmen zu treffen, und versichert, die Stadt zu gegebener Zeit erneut zu belagern. Immerhin hätten sie in das Dekolletee dieser Gesellschaft geschaut, und es wäre schon interessant, in Erfahrung zu bringen, was denn so die inneren Werte hergeben.

»Hierfür allerdings sollte der Sender einen erfahrenen Psychologen beauftragen oder auf einen abgeklärten Komödianten zurückgreifen, jemanden, dem jedes Schicksal willkommen ist, wenn es irgendwie noch der Lächerlichkeit dient.«

»Sich entscheiden, heißt eingesehen zu haben, dass man am Ende aller Überlegungen angelangt ist«, unterstreicht Pater Domenico die Meinung des Regisseurs, »jedenfalls sollten Sie der Absicht des Teufels entgegenwirken, sich selbst die Hölle zu bereiten. Diese Stadt hat ihre Trümpfe insgesamt verspielt, und wenn man so will, alle Rechte aus der Hand gelegt. Das Einzige, worauf die Bevölkerung noch zurückgreifen kann, sind visionsträchtige Scheinwahrheiten, hohlgesichtige Seifenblasen, die von hier auf jetzt zerplatzen und in die Geistologie des Nichts abwandern.«

»Das Fernsehen ist weniger ängstlich als kampfbereit«, beschleicht Carlotta Niesmacher das interne Parkett, »offenkundig liegt es in der Natur der Sache, der Kamera zu ihrem Recht zu verhelfen; für das Studio wird sie ja wohl nicht erfunden worden sein.«

»Wenn Sie es noch nicht gewusst haben«, bemisst Domenico ihre Philosophie, »die Welt ist mehr eckig als rund. Wer diese Erfahrung noch nicht gemacht hat, stößt sich an ihr, wo er nur kann.«

»Ein bisschen Naivität dürfte für die Menschheit ein Glücksfall sein«, tönt der Regisseur dagegen, »sie erhöht zwar nicht ihr Denkvermögen, tröstet aber womöglich über die Blessuren hinweg.«

»Wenn darin nicht ein Zugeständnis mitschwingt«, mutmaßt Arabella, »eventuell sollten Sie Ihre Absicht, dem scheinheiligen Terrain die Flucht anzubieten, noch einmal überdenken. Das Leben ist der Prozess, unliebsame Dinge zu überwinden, der Versuch, sich selbst ein besseres Gefühl zu vermitteln.«

»Vielleicht hilft es Ihnen weiter, wenn ich Sie bitte, Lara in Ihre Überlegungen einzubinden«, regt Domenico an. »Sie jetzt ihrem Schicksal zu überlassen, könnte zu unser aller Schuld werden. Sie ist nicht das Fabelwesen, das sich beliebig zeichnen und wieder ausradieren lässt. Sie haben ihre Talente entdeckt und ihre Persönlichkeit gefordert, nun wäre es nur gerecht, sie in Ihren Tross aufzunehmen. Außerdem könnte sie bei der Erstellung der Dokumentation hilfreich beiseite stehen.«

Ein Vorschlag, mit dem sich Arabella augenblicklich anfreunden kann, und wer nicht den Stein von ihrem Herzen fallen hört, wird ihrer Erregung entnehmen, dass sie eine Arie der Zustimmung hinterher singen könnte.

»Die meisten Menschen sind so zufrieden, wie sie es sich vorgenommen haben«, erläutert der Regisseur seine Position, »wenn wir also Ihre Idee nicht schon überdacht hätten, müssten wir sie spätestens jetzt verwirklichen. Die Frage wird allerdings immer noch die sein, wie steht Lara demgegenüber, und was wird ihr Freund Alexander dazu sagen?«

»Ich denke nicht, dass es Probleme gibt«, zeigt sich Domenico zuversichtlich. »Ihre Liebe zueinander ist frisch aufgepflügt und wird nicht so schnell in die Krumen zurückfallen. Außerdem hat eine vorübergehende Trennung bislang keiner Beziehung geschadet. Die mystischen Interaktionen dieser Gesellschaft wird Alexander nicht fürchten müssen, sein Vorteil ist es, diese Stadt als Niemand betreten zu haben. Außer, dass er Gott an seiner Seite wähnen konnte, war er stets auf sich selbst angewiesen, vielleicht noch auf seinen Chihuahua, eine alte Notenmappe und eine noch ältere Orgel. Was immer ich damit sagen möchte«, kehrt er in sich, »zuweilen verkörpert er das, was ich an mir selbst vermisse. Er ist peinlich ehrlich, lebensbejahend und standhaft. Sein zentraler Wesenszug ist es, sich jeglichem Defätismus zu widersetzen, Schicksal oder Vorsehung, das ist für ihn eine Erfindung persönlicher Ignoranz und Hoffnungslosigkeit. Die Besonderheit seiner Natur besteht darin, sich wie ein offenes Buch zu präsentieren, ohne Leser gleich den Eindruck auf dem Weg zu geben, wie verzwickt es sich liest.«

»Vor allem aber scheint er Ihr Freund zu sein«, empfiehlt sich der Regisseur. »Sie setzen auf seine geistige Beweglichkeit und wenn ich weiter folgern möchte, auf seinen streitbaren Verstand, so recht geschaffen für den Kampf gegen das Böse dieser Gesellschaft.«

»Wie erfolgreich man jedoch sein wird«, ermittelt Arabella, »weiß man schlechterdings erst im Nachhinein. Jedenfalls wird die Bruderschaft, die ihm unter die Arme greifen wird, eine gehörige Portion Eingebung aufbringen müssen, um das kriminalistische Defizit auszugleichen. Dennoch sehe auch ich eine Chance, den Übeltätern an den Kragen zu gehen, Gott wird Ihnen gewiss beiseite stehen, auch wenn der Klerus hier wie da seine Gunst erst wieder gewinnen muss. Aber wie gesagt, alles ist revidierbar, die eigenen Fehler und die der andern, eine Sache ist erst verloren, wenn man den Glauben daran aufgegeben hat.«

»Kreativität ist Dynamit für das Chaos dieser Welt, und manchmal ist es auch nur Dynamit«, beseelt Merlin Alexanders Nachdenklichkeit, blättert sich durch die Seiten der wiederhergestellten Chronik der mittelalterlichen Festung, widmet sich einer Skizze, die den größten Teil der damaligen unterirdischen Wehrgänge und Verstecke umreißt, deutet auf eine Höhle, die mit der Größe einer kleinen Kapelle angegeben wird, und bringt zum Ausdruck, dass dies wahrscheinlich die Kultstätte der Verschwörungszeremonien sein könnte.

»Ich will nicht vorgreifen«, steuert Alexander, »wenn ich bedenke, was du denkst oder bereits in Erfahrung gebracht hast, bist du längst der Poesie erlegen, dem kellertiefen Gespenst ein

Feuerwerk zu zünden, bestmöglich mit der Vertreibung oder Eliminierung verseuchter Fledermäuse.«

»Wenn wir keine weiteren Überraschungen zulassen wollen«, unterbricht ihn Merlin, »ist dies die einzige Alternative. Man könnte bei Nacht und Nebel vorgehen, das, was in sich zusammenfiele, läge meines Erachtens unter dem Friedhof, für die Lebenden also eine gute Ausgangsposition und für die Toten eindeutig mehr Ruhe.«

»Die Moral ist offenbar sündhafter als ich dachte«, erwidert Alexander, »wenngleich auch ich der Meinung bin, dass es ungerecht wäre, sie ausschließlich predigen zu wollen. Irgendwann muss man in die Verantwortung treten und womöglich mit unliebsamen Konsequenzen. Dennoch bleibt die Frage zu klären, wer liefert den Sprengstoff, und wie deponiert man ihn, ohne selbst das Zeitliche zu segnen?«

»Es gibt genügend Szenarien, die sich mit der Vernichtung dieser Welt beschäftigen«, versichert Merlin, »dagegen nimmt sich eine kleine Bombe nahezu beleidigend aus. Folglich dürfte es zahlreiche Bücher geben, die sich mit ihrer Herstellung und Anwendung beschäftigen, den leidlichen Rest besorgt die Bibel.«

»Wenn ich es nicht schon immer gewusst hätte, es bedarf einer gewissen Intelligenz, um zur Barbarei zu schreiten«, fasst Alexander zusammen, »nur der Verantwortliche wird eines Tages berichten können, was ihm das Leben wert war, dem Gedankenlosen wurde diese Einsicht nie zuteil.«

»Es gibt zwei Möglichkeiten, sich schuldig zu machen«, begründet Merlin seinen Entschluss, »entweder aus Feigheit zu widerstehen oder aus Dummheit zu handeln. Ich muss nicht betonen, wozu ich mich bekannt habe.«

»Die Vernunft ist nur so vernünftig, wie die anderen es zulassen«, kündigt Pater Domenico seinen Besuch an. Und als wüsste er um die Bitternis seiner Worte, bekennt er sich zu einem Kreuzzeichen. Des Weiteren segnet er den Umstand, dass Pater Ambrosius, ehemals Sprengmeister in einer Silbermine, einige explosive Andenken aufbewahrt, und dass sie ihn bei ihren Überlegungen einkalkulieren könnten.

»Seine Vorsehung ist gewiss gottgewollt«, witzelt Merlin, »wie alles andere, was sich damit bewirken und anstellen lässt. Wirklich imposant, manchmal kommen Dinge zur Geltung, mit denen niemand mehr rechnet, offensichtlich hat alles seinen unveränderbaren Wert, man muss sich nur zu gegebener Zeit erinnern.«

»Jetzt, da wir wissen, dass es mehr Sinne gibt, als jene, die uns hinlänglich bekannt sind«, räuspert sich Alexander, »sollten wir zur Tat schreiten, natürlich in der Hoffnung, dass sie uns auch weiterhin zur Verfügung stehen.« Deutet auf die jahrhundertealte Chronik, die ihnen buchstäblich in die Hände fiel, und ist überzeugt, dass man ihr wesentliche Details über die Anordnung und Beschaffenheit der Grotten entlocken könnte.

Allerdings vermag Domenico auch hier auf einen Ordensbruder zu verweisen, der sich intensiv um die Historie dieser Stadt bemüht. Es sei gewiss kein großes Unterfangen, seine Kenntnisse in Anspruch zu nehmen.

»Sie werden verzeihen, dass ich einfach so hineinplatze«, unterbricht Bruno das Gespräch, »möglicherweise aber ist es vonnöten, Ihnen mitzuteilen, dass Lara zur Zeit nirgendwo ausfindig zu machen ist und entsprechend den dubiosen Ereignissen Anlass zur Sorge gibt.«

»Was haben wir übersehen oder nicht bedacht?«, versucht Alexander seinen Schrecken unterzubringen. »Mir ist bekannt, dass sie mit der Fernsehcrew das Museum verlassen und zum Hotel fahren wollte, andere Dispositionen standen nicht an, zumal wir uns zum gemeinsamen Abendessen fest verabredet hatten.«

»Dennoch ist Lara anscheinend nicht dort aufgetaucht«, erwidert Domenico, »insofern sollten wir aus den Pantoffeln kommen und keine Zeit verstreichen lassen, etwas zu unternehmen.«

Obwohl nun jeder weiß, was zu tun ist, treten die selbster-
nannten Kriminalisten bereits vor der Tür auf der Stelle. Plötzlich sieht man sich in eine andere Dimension versetzt. Die Häuserfronten beugen sich überfallartig über Gehsteige und Cafés,
und in den blind geschwärzten Scheiben der Fenster geistert der
Verdacht, von tausend Augen begafft und verfolgt zu werden,
derweil die sonst so überschaubaren Straßen ins Endlose zu
greifen scheinen, ohne die Gewähr anzubieten, wohin denn die
Reise geht.

Entsprechend frustriert beschließt Merlin, den Personenkreis
auseinanderzudividieren und mit getrennten Wegen zu versorgen. Er selbst würde das Museum aufsuchen, zumal ihn die
meisten seit Jahren kennen und seine Mitarbeiter stets für ein
internes Schwätzchen zu haben sind. Mister Busfahrer alias
Bruno Winkler sieht sich bei den TV-Leuten am besten aufgehoben. Sie könnten ihm verraten, in welcher Höhle sie die mas-
kierten Mönche gesehen haben, wobei er zu bedenken gibt, dass
es sich um das Refugium der Fledermäuse handeln dürfte und
angesichts ihres Massensterbens gewisse Vorsichtsmaßnahmen
ratsam seien. Alexander und Domenico, so die allgemeine
Empfehlung, sollten die Kirche ins Gebet nehmen und den letzten Winkel ausleuchten. Bislang war sie das Ziel so manch
spektakulärer Anschläge.

»Dennoch sei vermerkt«, schränkt Domenico ein, »alles ist
frei verhandelbar und mit unzähligen Möglichkeiten drapiert.
Vielleicht findet sich am Ende jeder irgendwo anders ein, Be-
liebigkeiten sind immer gewährleistet, wenn nicht sogar erwünscht, entscheidend ist, was die Intuition hergibt und uns auf
Kurs bringt.«

Er schlägt vor, den Kontakt über die Filmleute zu wahren,
bestenfalls natürlich mit der Nachricht, dass sie Lara wohlbehalten ausfindig gemacht hätten. »Sollte sich wider Erwarten
eine andere Situation ergeben«, so Domenico, »wäre es klug,
gemeinsam vorzugehen, zu koordinieren und zu planen. Auf

eigene Faust zu handeln, dürfte äußerst töricht sein, wenn nicht sogar tödlich.«

Alexander, der Domenicos Worten wenig entgegenzusetzen hat, spürt mit jedem Schritt, den seine Beine vorgeben, die Zähflüssigkeit des Asphalts, beschließt, so wenig wie möglich umherzulaufen und so gut es geht, seinen Kopf in Anspruch zu nehmen.

Mit ähnlichen Empfindungen plagt sich zuweilen auch Bruno, er geht schlichtweg davon aus, dass die vermeintlichen Götzenanbeter Lara entführt haben und gegebenenfalls für rituelle Abartigkeiten missbrauchen könnten. Auch wenn Domenico diese Gedanken nicht unbedingt vertiefen möchte, kleben sie an ihm wie ein hässliches Geschwür. Wem der Himmel eine Aufgabe zugedacht hat, zieht er seinen Glauben zurate, den schickt er vorab durch das Fegefeuer.

Natürlich liegt es ihm fern, Alexander mit diesen Prognosen zu strapazieren, stattdessen begnügt er sich mit der Feststellung, dass niemand alt genug werden kann, sich das Leben irgendwann einmal ohne Furcht begreiflich zu machen. Hiernach kommt er auf seine Exzellenz, den Bischof zu sprechen und meint, dass es nunmehr an der Zeit wäre, ihm einen Besuch abzustatten.

»Die schlimmsten Fehler macht man im Bemühen, keine zu machen, oder aus Höflichkeit Stillschweigen zu bewahren«, fasst Domenico zusammen. »Um also den Tag in die alte Umlaufbahn zu bringen, müssen wir seine Kreise stören. Er verheimlichte schon immer mehr als dem Allmächtigen lieb sein konnte. Wahren wir also die Spielregeln der Kultur und helfen ihm bei der Wiederherstellung seines Gewissens.«

»Sollte er sich verantwortlich gemacht haben«, fügt Alexander hinzu, »werde ich alles tun, ihn zur Rechenschaft zu ziehen, auch das gehört zu den Spielregeln der Vernunft.«

»Falls sich diese Botschaft nicht selbst erfüllt«, orakelt Domenico, »und die Geier bereits im Geäst seiner ausgehungerten

Seele herumlungern und darauf warten, sich über seinen missratenen Körper herzumachen.«

Dass er damit mehr gesagt hat, als ihm bewusst sein konnte, erweist sich beim Betreten des Pfarrhauses: Zunächst wäre zu bemerken, dass die Tür zum Garten hin offen steht und die Eindringlinge trotz auffälligen Gebarens jegliches Lebenszeichen vermissen. Nicht minder befremdend der chaotisch verwüstete Salon. Neben umgekippten Stühlen, Statuen und Büsten finden sie zerfetzte Bilder vor, altertümliche Stiche von Dürer bis Cranach sowie zerrupfte Wandteppiche und Gobelins. Dabei stellt sich unwillkürlich die Frage, worin das Interesse hätte bestehen können, ausschließlich etwas zu zerstören. Zumindest deutet nichts darauf hin, dass es sich hier um einen Einbruch allgemeiner Art handelt.

Und der mysteriösen Umstände nicht genug: durch Blutspuren vor dem jahrhundertealten Kamin entdecken die Ankömmlinge, dass die gusseiserne Rückplatte der Feuerstelle nach außen hin geöffnet ist.

»Wenn es sich hier nicht um einen Fluchtweg handelt«, mutmaßt Domenico, »ist es die Pforte zur Hölle.«

Jedenfalls überkommt ihn die Finsternis wie ein gespenstischer Moloch, entschließt sich vor der einzigen noch intakten Statue der Madonna zu bekreuzigen. Hierauf reicht er Alexander ebenso spontan wie verängstigt einen Kandelaber, zerrt aus seinem zittrigen Beinkleid ein Feuerzeug und resümiert, dass dies wohl die Stunde der Wahrheit sei, schwärzer als befürchtet und eiliger als gedacht.

Schockiert räumt er Alexander den Vortritt ein, beklagt seine Robe, die ihm beim Abgang in den Hades hinderlich sein dürfte, und meint, dass er längst nicht mehr der Schnellste sei und Alexander nur aufhalten würde.

»Wenn du zwischenzeitlich auf dein Vaterunser verzichten würdest«, gibt sich Alexander sarkastisch, »könntest du deine Befürchtungen zurückstellen und entsprechend deines Schneids gewiss auch der Erste sein.«

Als dann die beiden von Furcht getriebenen Diskutanten das knarrende Gebälk der Treppe zu zweit austesten und zuweilen sich niemand mehr sicher sein kann, wann und wie ihr Abenteuer endet, schreckt sie das mehlige Gesicht Pater Ambrosius'. »Was immer die Menschen zur Eile schreiten lässt«, leuchtet er ihnen hinterher, »die Zeit kümmert sich nicht darum und ein sicherer Abgang auch nicht.« Und als hätte er den Nagel auf den Kopf getroffen, ziehen die beiden es vor, die letzten Sprossen im Sturzflug zu nehmen, glücklicherweise ohne nennenswerte Blessuren und, wie man annehmen möchte, mit der Vorsehung des Allmächtigen. Mit der Wiedererweckung des Kandelabers zum Lichte hin bietet sich ihnen das funkelnde Bild unzähliger Schätze, Truhen voller Gold und Silbermünzen. Möchte man eine Prognose wagen, im Wert eines üppig bis feudal ausgestatteten Piratenlebens.

Was dem unfreiwilligen Kleeblatt allerdings entgeht oder auch verständlicherweise nicht sogleich vor Augen kommt, ist die eingerollte Gestalt des Bischofs, beziehungsweise was sich davon noch zu erkennen gibt. Sein Ornat ist bis auf die Haut aufgerissen und in Blut getränkt, als wäre das Opfer mit einem Rasiermesser traktiert worden.

»Alles deutet auf einen geplanten Mord hin«, bemüht Ambrosius seinen verstörten Geist. Eine Vermutung, die er jedoch schnell wieder verwerfen sollte, da der feine Staub auf dem Boden der Höhle nur die Fußspuren einer Person erahnen lässt, womit dann auch die Frage, wie sich die Tötung abgespielt haben könnte, zur mystischen Falle wird.

»Auch wenn es absurd klingen mag«, überlegt Alexander, »es dürfte das Werk der Fledermäuse sein, ein Rachefeldzug oder eine persönliche Abrechnung, die Natur ist verrückt genug, um alles zuzulassen.« Sodann besinnt er sich der sensiblen Flammen der Kerzen, tastet die Felswände nach etwaigen Luftströmungen ab und kommt zu dem Ergebnis, dass sich weitere

Ausgänge erübrigen und dass die Welt der Veruntreuung und Heuchelei hier wohl ihr Ende fand.

»Nach allem, was wir also wissen, müssen wir annehmen, dass es sich in der Tat um einen Tobsuchtsanfall der Fledermäuse gehandelt haben dürfte«, bestätigt Domenico. »Ein ähnliches Szenarium wurde mir durch einen wild gewordenen Falken zuteil. Außerdem lassen die messerscharfen Wunden, die seiner Geistlichkeit zugefügt wurden, auch keine andere Erklärung zu. Wollte man ihre Attacke nachvollziehen, werden die Biester vom Friedhof her eingeflogen sein, so manche Gruft steht für sie offen und garantiert zuweilen den Zugang bis in die Tiefen des Höhlensystems.«

Ambrosius, der den grauenvollen Anblick mit zittrigen Knien durchzustehen versucht, begnügt sich einstweilen mit einem kurzen Gebet und der Segnung des Leichnams. Hiernach verpflichtet er sich, die Bruderschaft zu informieren und empfiehlt, den toten Bischof aus seiner schamvollen Lage zu befreien und ihn so weit ansehnlich herzurichten, dass man ihn in der Klosterkapelle aufbahren könne.

Kapitel 15

»Es gehört zu den bedauerlichsten Erfahrungen«, empört sich Arabella, »dass die Menschen nie dort anzutreffen sind, wo sie eigentlich hingehören, ob es der Knast ist oder die Irrenanstalt.« Mit diesen existenzialistisch angehauchten Worten empfiehlt sie dem Fahrer des Übertragungswagens, schon mal die Bremsen zu lösen, der Abflug würde nicht lange auf sich warten lassen, von nun an dürften die Probleme den Schwierigkeiten hinterhereilen und womöglich erst Ruhe geben, wenn sie diesen Ort verlassen hätten.

»Dann ist es an der Zeit, ihnen zuvorzukommen«, beeilt sich Bruno Winkler seine Meinung kundzutun, unterstreicht mit Blick auf seinen Rucksack, dass er bestens vorbereitet sei, und wie sich jeder denken könne, den Fall aller Fälle eingeplant habe. Würde man jetzt zögern, käme man möglicherweise ins Hintertreffen, und das sollten sie weder sich selbst noch den Patres antun.

»Außerdem wäre es unchristlich, der herzigen Bruderschaft den Vortritt einzuräumen«, pflichtet der Regisseur des TV-Teams bei, »auch wenn ich mir beinahe sicher bin, dass einige ihrer Vorbeter nicht nur exzellent gerüstet sind, sie dürften in ihrer hauseigenen Bibliothek genügend Informationen vorgefunden haben, mit denen sie ihren Horizont über die untertage liegende Welt aufhellen konnten. Abgesehen davon wird ihnen die ein oder andere Beichte in Erinnerung geblieben sein, und wenn ich raten sollte, mit diversen Offenbarungen.«

»Das Merkmal eines echten Gauners«, wertet Arabella seine Worte, »besteht darin, dass er nichts ausschließt und alles für wahrscheinlich hält.« Dabei schiebt sie die vergilbten Vorhänge des Savoy-Hotels beiseite, nimmt ihren Dienst-Pkw ins Visier und meint, dass es wohl in der Tat am günstigsten sei, sich der Brigade der schwarzen Kutten anzuschließen. Sie hätten erfahrungsgemäß nicht nur die besseren Karten, sie dürften in diesem Fall bereits gemischt und verteilt sein.

»So betrachtet sollten Sie sich auf den Weg machen«, verheißt der Regisseur, beklagt sein Los, die Stellung vor Ort halten zu müssen, und bemitleidet die Statisten, die nie zum Zuge kämen, die immer schon so da standen als hätte die Welt sie nicht bedacht.

»Die großen Augenblicke«, empfiehlt sich Arabella, »sind nun mal den kleineren Dienstgraden vorbehalten. Schauen Sie also gelassen nach vorn, der Moment der Genugtuung könnte darin bestehen, dass es Ihnen gelingen wird, den Zugriff zu koordinieren und damit die Operation - was wir alle hoffen wollen - zum Erfolg zu führen.«

Inzwischen dämmert nicht nur der Abend, sondern manchem auch das Gefühl, dass Leichtsinn, in reiner Form dargereicht, ungenießbar ist.

Vor dem Portal der Kirche angekommen, erfährt Arabella von einem jungen Novizen, dass die Ordensgemeinschaft bereits unterwegs zum alten Friedhof sei. Er persönlich hätte sich noch um ein Päckchen Kreide bemüht und vermeldet voller Stolz, dass er für die Wegmarkierung in den Höhlen zuständig wäre.

Als sie sich dann dem Gräberfeld nähern, das milde Licht des Tages ins Laub der Büsche entweicht, mutieren die Kreuze und Stelen zu gespenstischen Figuren, derweil der kalte Schimmer des Mondes sich in den Kutten der Patres verfängt und der Szenerie das Gefühl beimischt, hier habe der Tod ganze Arbeit geleistet. Entsprechend unwirtlich und makaber vollzieht sich sodann der Abstieg in eine der Familienkrypten.

»Offenbar gehört es zu den Privilegien einer stilvollen Gruft, sich bei ihrem Anblick erst einmal zu fürchten und zu gruseln«, argwöhnt Regieassistentin Arabella. »Selbst wenn einige der christlichen Jünger die Katakomben als Wirkungsstätte des heiligen Geistes ansehen, schauen sie nicht so drein, als hätte irgendwer damit das Tor des Himmels erschlossen.«

»Ich wüsste gern, wieso die Stille so viele bleiche Gesichter hat«, rüttelt Ambrosius an den Gebeinen der Sprachlosigkeit, »derart schweigsam habe ich bisweilen keiner Prozession beigewohnt, nicht einmal einem Leichenzug.«

Alsdann stellt er seine Grubenlampe auf einen Felsvorsprung, deutet auf die verschiedenen Abzweigungen und impliziert den segensreichen Gedanken, dass sie sich von nun an in Gottes Hand befänden und auf Eingebungen angewiesen seien.

Doch noch ehe sie dazu übergehen können, ihrer Intuition zu folgen, hat der Chihuahua das Thema längst verinnerlicht. Er springt aus Alexanders Notentasche, schnuppert den Boden nach Spuren ab und gibt schwanzwedelnd zu verstehen, dass man ihn nur fragen bräuchte, natürlich nicht ohne den obligaten Keks und ein paar Streicheleinheiten.

»War es doch irgendwann eine heilige Krähe, die einem verirrten Wanderer den Weg wies«, erinnert sich Arabella, »warum nicht ein Hund mit Gespür und Fledermausohren? Die Natur kennt nicht nur die Sprache der Geometrie, sondern auch den verdächtigen Restbestand unbekannter Fußstapfen.«

Hiernach streift sie mit ihrem prüfenden Blick die Gesichter der verdutzten Patres und empfiehlt, dass sie die Gelegenheit nutzen sollten, sich die OP-Masken aufzuziehen, sie schützten zwar nicht vor unbequemen Wahrheiten, vielleicht aber vor unberechenbaren Viren.

Erstaunlich, wie abrupt die Welt um sie mit einem Male ins Schweigen fällt, vielleicht auch in den Kerker der Sprache, aufgesogen vom kalten Grau der Felswände, von zentnerschweren Grabsteinen und der wenig ermunternden Tatsache, dass das Gewölbe über ihnen von Generationen von Toten bewohnt ist. Mystischer vermittelt, sie geraten in ein wirklichkeitsfremdes Alphabet, das keuchend nach Luft ringt, den Atem der Worte nicht halten kann und zur Ausweglosigkeit innerer Stimmen wird.

Und wer wollte schon behaupten, dass sie nicht von fremden Schritten bedroht werden und dass es nicht nur die eigenen Schatten sind, die an den Wänden entlangkriechen. Womöglich sind es versprengte Geister, denen die Endgültigkeit des Seins bislang versagt blieb, verstümmelte Traumgeburten, die immer schon außerhalb der eigenen Existenz lebten, die nie sich selbst waren oder auch nie sein wollten, die stets dem Glauben nachkamen, das Leben hätte sie als Kretin erwählt, als Fiktion oder Gespenst.

Auch wenn diese Gedanken eher der Angst zuzurechnen sind als einem ernstzunehmenden Bekenntnis, werden die vor sich hin driftenden Gottesbrüder urplötzlich von höchst konkreten Versen eingeholt, natürlich satanischen Inhalts und nicht unbedingt zum Nachsingen geeignet:

»Wenn der Vollmond scheint in finsterer Nacht, hör' ich die Wälder klingen. Wenn der Tod über den Gräbern lacht, hör' die Nachtgeschöpfe singen. Niemand weiß, wer ich bin, niemand hält das Böse auf, niemand weiß, dass ich ein Werwolf bin und das Grauen nimmt seinen Lauf.«

Dass damit die Ankunft in der Hölle gemeint sein dürfte, unterstreicht nicht nur der Chihuahua, der mit einem Satz in die Notentasche zurück springt, sondern auch die Weiterführung des Textes mit der überschäumender Metaphorik:

»Blut und Tote überall im Land, keine weiße Macht kann mich bezwingen, eine schwarzgraue Pfote wächst aus meiner Hand, ihr könnt meinem Blutdurst nicht entrinnen. Im Wald hört niemand der Opfer Schrei, wieder ist eine wundervolle Tat vollbracht. Gott stehe mir bei, waren ihre letzten Worte! Und der Vollmond lacht in finsterer Nacht.«

Sicherlich wäre es müßig zu glauben, die angereisten Patres hätten den diabolischen Verwerfungen nichts entgegenzusetzen. Soweit reicht weder ihre Andacht, noch ihre Vorstellungskraft, jedenfalls sind sie nicht der Meinung, Gott hätte ihnen außer einem Kreuz nichts Anderes in die Hände gelegt.

Ambrosius, dem augenblicklich ein Blitzgewitter durch den Kopf fährt, entschließt sich spontan, eine Sprengladung zu montieren. Und was ihm momentan bereits als Genugtuung gereicht, begrüßt Arabella als bittersüße Konsequenz, wie sonst wollte man sich die Chance erhalten, den Rückweg unbeschadet zu durchstehen.

Alexander, der als Erster einen Einblick in das Geschehen vor Ort nehmen möchte, muss sich zumindest vorübergehend damit abfinden, dass seine Brille beschlägt und er so gut wie nichts sieht. Außer, dass er in eine Grotte schaut, die von tausend Lichtern entzündet in Flammen steht, verwischen alle Konturen und mithin die Chance, etwas Näheres über Lara in Erfahrung zu bringen.

»Das ist also das Gehirn des Teufels«, beschleicht Domenico Alexanders Nähe, »wirklich passabel, wenn nicht schon wieder gänzlich übervorteilt. Offenkundig ist die arglistigste Anarchie nicht hässlich genug, als dass sie keine Abonnenten fände.«

Natürlich entgeht dem Pater nicht, dass sich Alexander den Durchblick hart erkämpfen muss, und es sind gewiss nicht nur die vernebelten Gläser. Man könnte es als Nachtblindheit auslegen oder auch als den Willen Gottes, ihm die Schreckensbilder zu ersparen, mit denen sich Domenico zuweilen auseinandersetzen muss, vorrangig die grausige Tatsache, dass Lara nackt und gefesselt auf einem steinernen Opfertisch liegt, augenscheinlich, um Sie zu entweihen, zu schänden, und, was der Himmel verhindern möge, bis in den Tod zu quälen.

Zutiefst betroffen zieht Domenico seinen geplagten Freund zurück in den Stollen und erklärt der in Spannung versetzten Bruderschaft, dass sie nunmehr unmittelbar gefordert seien. Soweit er die Situation beurteilen könne, befände sich Lara zwar in einer verzwickten Lage, nicht aber so aussichtslos, dass sie sich nicht aus den Klauen der Teufelsanbeter befreien ließe.

Eigentlich hätte jeder erwartet, dass Alexander dem spärlichen Statement Domenicos die Einzelheiten nachliefern würde. Stattdessen jedoch gibt er sich einsilbig bis wortkarg, reibt sich immer wieder die Augen und verflucht den Optiker, der ihm dieses schnöde Fahrgestell auf die Nase setzte.

»Das heißt«, so Arabella, »die Fledermäuse haben Pate gestanden, und Sie rudern weniger sehend als verstört der Nacht der Nächte entgegen.«

»Was immer uns widerfährt, es kommt selten im passenden Augenblick«, verinnerlicht Ambrosius seinen Blick in die Grotte, »das einzig Verlässliche auf Erden ist, dass man sich auf nichts verlassen kann, allenfalls auf die schlimmsten Befürchtungen. Haben wir bisher nur das in Betracht gezogen, was wir begreifen, werden wir spätestens ab heute umdenken müssen, wenngleich uns nicht viel Zeit bleiben wird, diese Erkenntnis in die Tat zu überführen. Immerhin sind wir keine Anfänger, was Rituale anbetrifft. Zunächst werden wir kräftig mitsingen, zumindest bis zu dem Moment, da wir den Opfertisch in Beschlag nehmen und den rettenden Zugriff starten.«

Alexander, der diesen Worten skeptisch gegenübersteht, entscheidet sich eher spontan als bedacht, einem der Patres seine Robe zu entwenden. Sicherlich die schlechteste aller Lösungen, denn die Kutte könnte ihm zum Verhängnis werden, falls er überhaupt in der Lage wäre, sich in ihr angemessen zu verhalten.

Unvermittelt und ohne weitere Diskussionen heraufzubeschwören machen sich die Betbrüder eiligst auf den Weg; diesmal unter Verzicht eines Kreuzzeichen, dafür allerdings mit Baseballschlägern in den Ärmeln und, der Himmel dürfte es wissen, mit der wenig christlichen Einstellung, diese Gerätschaften nötigenfalls auch einzusetzen.

Schneller als erwartet gelingt es ihnen, die Opferstätte überfallartig zu belagern und den teuflischen Potentaten den Schrecken einzujagen, der dazu gereichen sollte, sie für einen Moment außer Gefecht zu setzen; auch wenn anzunehmen ist, dass sie sehr bald erkennen werden, dass sie getäuscht wurden, und dass es sich bei den eingeschlichenen Glaubensröcken um ihre Konkurrenz vom Ufer der Seligen handelt.

Also beeilt sich jeder, sein Vorhaben über die Bühne zu bringen, Ambrosius durchschneidet Laras Fesseln, ein anderer zerrt aus seinem Beinkleid eine uralte Stola, die ihm bisher als Glücksbringer diente, und bedeckt damit verschämt ihre Scham. Ein weiterer überaus kräftiger Kollege erfasst ihren gepeinigten Körper, bettet sie vorsichtig in seine Arme und prescht so schnell ihn die Füße tragen dem Ausgang entgegen, freilich unter Rückendeckung der übrigen Betbrüder und deren Bereitschaft, den Schädel der Abtrünnigen mit einem Baseballschläger zu segnen.

Nun muss man nicht der Rufer in der Wüste sein, um zu betonen, dass die Luft um die Befreier mehr als dünn gesät ist und das Unvorhergesehene dem Vorhersehbaren in die Quere kommt.

Da allerdings die Gebete der Patres noch nicht gänzlich abgehandelt sind und der Himmel im Allgemeinen ein nachsichtiger Partner für Ausweglosigkeiten ist, meldet sich dann auch die Gnade des Herrn eindrucksvoll zurück, augenblicklich im Benehmen Brunos, der immer dort in Erscheinung tritt, wo sich gerade mal die Ereignisse überschlagen.

Gegenwärtig steuert er das Schicksal dergestalt, dass er am Ende der Grotte einen Sprengkörper zur Detonation bringt und die Teufelsanbeter postwendend in Aufruhr versetzt, sie in eine Staubwolke hüllt und zur Posse des Geschehens wie Gespenster dastehen lässt.

Für die zur Flucht angemahnten Betbrüder die beste Gelegenheit, ihre Beine unter die Rockschöße zu bringen und so geschwind es geht dem rettenden Ufer zuzustreben. Dass diese Zäsur kein ewig währendes Postulat ist, lässt sich leicht ausmalen, die Pause ist trügerisch erbracht und hält sich nur so lange wie sie sich hält, von hier auf jetzt oder bis zu dem Moment, da die Höllenfürsten erkennen müssen, einem Täuschungsmanöver erlegen zu sein.

Wie schnell sich dies bewahrheiten sollte, erfährt zunächst Ambrosius. Nicht nur, dass ihm der Zorn ins Gesicht fährt, ein paar kräftige Fausthiebe gesellen sich hinzu. Entsprechend aufgebracht schreit er ihnen den Tod entgegen, würden sie ihm weiter auf den Fersen bleiben. Das, was seinen Verfolgern bislang widerfuhr, sei eine vorab gereichte Quarkspeise, die wirkliche pièce de résistence würde er augenblicklich nachreichen. Eiligst ermahnt er seine Kollegen, sich nicht hängen zu lassen, der Weg in den Himmel sei zuweilen durch die Hölle versperrt, respektive mit der Qualität einer äußerst imposanten Sprengladung.

Dass Ambrosius damit untertreiben sollte, bringt er zunächst höchstpersönlich in Erfahrung, zuweilen mit der fatalen Nebenwirkung, dass ihm die Gesteinsbrocken nur so hinterherfliegen und erst Ruhe geben, als sie ihm die Füße unter dem Hintern wegreißen, ihn unsanft zu Boden werfen und für Sekunden das Licht ausblasen.

Domenico, der das Chaos kommen sah, ist als erster zur Stelle, überfliegt die Situation mit den artigen Worten, dass nichts passiert sei, worüber Ambrosius sich sorgen müsse, so leicht ginge niemand aus der Welt, schon gar nicht, wenn man soeben dem Hades entkam. Beruhigend versichert er, dass genügend Kollegen bereitstünden, ihn auf Händen zu tragen, der Wille, seine Brüderlichkeit unter Beweis zu stellen, sei selten so hoch angesiedelt gewesen wie heute.

»Dennoch sind wir angehalten, den Konsens der Eintracht nicht zu überfordern«, mischt Pater Sibelius das Thema auf, »was sich jetzt bereits an Zugeständnissen angesammelt hat, könnte mit neuerlichen Explosionen das Maß unseres Wohlwollens mehr als strapazieren. Jedenfalls sollten wir darauf bedacht sein, unsere Extremitäten nicht blindlings an die Front zu schmeißen, es sei, wir hätten es einkalkuliert, die Katakomben als Kriechtiere zu verlassen.«

»Eine der erstaunlichsten Erscheinungen ist es, wenn man sich einbildet, nichts abbekommen zu haben, aber trotzdem davon betroffen ist«, analysiert Arabella das Geschehen um Lara. Erschüttert nimmt sie zur Kenntnis, dass man ihren Körper entweiht und geschändet hätte und dass sie zuweilen unter Schock stünde. Wendet sich im Flüsterton an die sichtlich betroffenen Patres, verpflichtet sie zur Diskretion und gibt zu bedenken, dass ihre Seele zutiefst traumatisiert wäre, und dass wohl Tage ins Land gingen, da sie wieder gewillt sei, zu reden und zu antworten. Bittet den jungen Novizen um dessen Kutte und erklärt, dass Lara wohl augenblicklich am Besten darin aufgehoben wäre, er selbst könne sich die Kleidung mit Alexander Levin teilen. Inzwischen ist es derartig still geworden, dass man die Lautlosigkeit mit den Fingern ertasten kann. Die Lippen der gottesfürchtigen Schar sind versiegelt, und ihre Blicke, wenn sie nicht mal gerade an den Strahlfasern der Taschenlampen kleben, geben sich leer und hohl, wie das Gewölbe, das momentan ohne Ausgang zu sein scheint, ihren Atem ausspannt und mit galoppierenden Pulsschlägen die Erschöpfung vorantreibt.

»Willst du etwas los sein, leih es einem guten Freund«, wendet sich Domenico mit weichen Knien an Sibelius, nimmt Ambrosius alsdann von seinen Schultern, übergibt ihn seinem Kollegen, betont, dass Jesus es unter seinem Kreuze ungleich schwerer gehabt hätte, und versichert, dass der Weg zum Ausgang nicht mehr lange auf sich warten ließe. Die Luft käme ihnen bereits mit dem Geruch dieser Stadt entgegen.

»Es gibt keine klügeren Sprüche, als jene, die mit einer Bitte beginnen und mit der Gnade des Herrn enden«, bemisst Sibelius seine Großzügigkeit.

Natürlich wünscht sich einstweilen auch der Mutigste, den fiebrigen Trip in die Abgründe menschlichen Irrsinns möglichst schnell zu beschließen. Doch so sehr die Karawane auch willens ist, der angewiderten Welt zu entkommen, zunächst einmal wird sie durch eine gewaltige Erschütterung ausgebremst. Und es ist nicht mehr das Tageslicht, das sie zu schmecken glaubten, sondern der fossile Staub einer urzeitlichen Begräbnisstätte, indes die Druckwelle die Decke über ihnen einreißt, unzählige

Grabsteine hinterherwirft und die Beklemmung nachreicht, doch noch lebendig verschütt zu gehen.

Erst nach einer Weile und nachdem die letzen Brocken die Höhle aufgesucht haben, wird ihnen bewusst, dass sie verschont geblieben sind, augenblicklich mit der wundersamen Fügung, dass sie den Kerker der Nächte schneller als erwartet verlassen können. Selbst wenn die rettenden Engel sich diese Freiheit über den Friedhof erkaufen müssen, sie werten dies als Omen des Himmels und als untrügliches Zeichen dafür, rechtens gehandelt und gestritten zu haben.

Die Frage, was nun zu tun ist und wie es weitergehen soll, hat Arabella bereits unmissverständlich formuliert. Sie wird sich um Lara kümmern, sie in Sicherheit bringen und alles Erdenkliche veranlassen, sie vor künftigen Zugriffen zu bewahren.

Für Alexander Levin gewiss ein herbes Ergebnis, das Gefühl totaler Hilflosigkeit auslösend. Das, was ihm zuweilen bleibt, ist nicht mehr als die Hoffnung, dass ihre Wunden irgendwann soweit geheilt sein werden, dass er seine Angebetete wieder in die Arme schließen könne. Solchem Wunschdenken nachhängend gibt er Arabella einen Kuss mit auf den Weg und bittet sie, diesen zu gegebener Zeit an Lara weiterzureichen.

Kapitel 16

Dies ist die Zeit, die gegen den Wind aufflattert und im Bauch des Lichts ihre Unbegreiflichkeit austrägt, vielleicht auch den schmerzlichen Verlust eines geträumten Traumes. Kaum ein Gedanke, der nicht zum Zerrbild innerer Abwesenheit wird, zu einem wirklichkeitsfremden Ich, das zur Aufgabe gemahnt und zur Flucht angehalten ist.

Sicherlich erübrigt sich hiermit die Frage, was der Tag noch bringen könnte, wenn sich die Sonne verabschiedet und die Welt dahinter ins Nichts fällt, wenn nichts mehr geht und die Tore, die nach draußen führen, angesichts der verhängten Quarantäne verschlossen sind.

Und es ist nicht die einzige Resignation, von der Alexander heimgesucht wird: Durch den Einsturz des Höhlensystems und die Aufdeckung der spiritistischen Geheimbünde grassiert das Gespenst der Rache und Vergeltung, wobei nunmehr jeder davon betroffen ist, auch die friedlichen Fische. Empörung und Wut waren schon immer Garanten für Despotismus und Willkür.

Aber wie sich die Zukunft auch einfangen lässt, die Probleme werden bleiben, und sie werden dem Geschäft der Angst mit neuerlichen Blüten zu Diensten sein, auch wenn es sich zunächst um Beerdigungskränze handeln dürfte, um Kreuze des Kummers und des Leidens.

Waren die Menschen dieser Stadt bislang auf der Suche nach etwas, das es nicht gibt oder nur in ihrem Wahn existierte, werden sie von nun an endgültig in den Kerker ihrer nicht vorhandenen Wirklichkeit abfallen, und sie werden mit ihren gottlosen Schwüren allein sein, vielleicht noch mit den Geistern des Gespötts und der Missachtung.

Da hilft es auch nicht, dass die Glocken der Kirche den Tag umrunden und dem Kunden Mensch, wie zum Marathon bestimmt, ins Gewissen läuten.

»Ich würde mich nicht wundern«, argwöhnt Merlin, »wenn die gestrigen Teufelsanbeter den Glauben an die Macht des Bösen zugunsten anderer Dämonen eingetauscht hätten. Denkbar wäre eine christliche Renovation ihrer Seelen oder die Erneuerung religiöser Wahrhaftigkeiten, eventuell sogar mit dem Bedürfnis, sich zwischenzeitlich dem Exorzismus zuzuwenden. Im Grunde bliebe alles wie gehabt, das Spiel ginge weiter, nur mit umgekehrten Vorzeichen.«

»Zur menschlichen Misere gehört es«, hält Alexander aufrecht, »von Urängsten verfolgt zu sein, von archaischen Wahnbildern und Halluzinationen.«

»Du meinst, man könnte schon davon ausgehen, dass wir den Drachen des Unheils nicht vom Schloss verjagt haben«, steuert Merlin bei, »die Delinquenten der Unvernunft haben ihm nur ein anderes Gesicht gegeben.«

»Du räumst also ein, dass der Höllendrache kein geringerer ist als der, den wir schon immer kannten, nur in einem anderen Kostüm«, bestätigt Alexander, »und dass die Kirche die Gunst der Stunde nutzen wird, die schwarzen Schafe wieder einzufangen, bestenfalls mit der gottgepriesenen Einstellung, sie mögen gefälligst Buße tun, womöglich sogar mit der Empfehlung, sich zu kasteien und zu geißeln. Derweil nicht auszuschließen ist, dass der Klerus den tollwütigen Fledermausvirus zum Anlass nehmen könnte, der Gemeinde zu erklären, der Herr hätte diese Seuche als Strafe über sie verschickt.«

»Was wir durchaus in Betracht ziehen sollten«, stimmt Merlin zu, »schließlich fällt der Exorzismus in besonderem Maße in den Amtsbereich der Kirche. Wenn ich mich entsinne, war es kein geringerer als Jesus selbst, der mit den Herrschern der finsteren Welt aufräumte. So wurde bekannt, dass er bei einer Reise durch die Synagogen Galiläas zunächst die Rachegötter vertrieb. Erst hiernach wählte er den Dialog mit dem Volke.

Sollte ich etwas vergessen oder ausgelassen haben, wirst du mich verbessern können.«

Nuckelt so lange an seiner Zigarre, bis ihm das Fegefeuer ins Gesicht bläst, erinnert sich, dass Papst Paul VI. während einer Generalaudienz 1972 davon sprach, dass er den Rauch Satans durch eine Ritze in den Gottes Tempel eindringen sah, höchst wahrhaftig und unverfälscht. Eine Begebenheit die späterhin zu der dogmatischen Definition führte, dass das Böse eine für sich wirkende Macht sei, ein lebendiges, geistiges Wesen, das real existiere und in der Lage wäre, nach Belieben Angst und Schrecken zu verbreiten.

»Ignoranz und Ahnungslosigkeit sind die wilden Bestien im Gehege dieser Welt«, stellt Alexander fest, »insofern müssen wir auf alles gefasst sein, auch auf das Unfassbare, mit oder ohne Teufel.«

»Man könnte es auch wie folgt formulieren«, entgegnet Merlin, »der Unverstand ist die Planierraupe des Gewissens, der Prozess, alles zu zerstören, was dem Lichte zustrebt, bisweilen mit der unheilvollen Konsequenz, dass die Wahrhaftigkeit auf der Strecke bleibt und die dringend benötigten Wunder bereits vor ihrer Geburt die Flucht ergreifen.«

»Nun aber zu den allgemeinen Ungereimtheiten und zu den Dingen, die im Gerede der Leute stehen«, wechselt Alexander das Thema, »unter anderem zu der Frage, was aus Bruno geworden ist und wie sich sein Schicksal liest. Liegt er nach wie vor zwischen den Trümmern, ist er vor Gott und der Welt geflohen oder plant er einen weiteren Racheakt? Es gibt Gesinnungen, die alles in Betracht ziehen, die alles geloben, aber nicht wissen, wo und wann sie innehalten sollten.«

»Das Ende der Feindseligkeit beschließen zu können«, resümiert Merlin, »war schon immer ein Irrglaube und womöglich auch nur als Farce gedacht. Wie immer also die Wahrheit aussehen mag, sie wird nur eine weitere schmerzliche Erfahrung sein.«

Zur momentanen Perspektivlosigkeit gehört es, dass Alexander die Umgebung mit verbundenen Augen abtastet, einen Fuß vor den anderen setzt, ohne zu ahnen, wohin sie ihn tragen sollen. Der Weg ist mit dünnen Strichen ausgemalt, nicht mehr als ein graphisches Muster, eine Kinderzeichnung, vielleicht noch ein metaphorisches Ereignis mit gekritzelten Kopffüßlern, namenlosen Gesichtern und wortlosen Mündern.

Einstweilen ist es allerdings der Moment, unter Pappeln einherzuwandern, einfach so, um sich zu erinnern und gleich wieder zu vergessen, ein Spaziergang der Ratlosigkeit, dahinschreitend zwischen Lichtflecken und zerrissenen Schatten, mit der eigenen Seele als Reiseführer und dem bitteren Gefühl, heimatlos zu sein, vermutlich die Gesamtauflage menschlichen Schwachsinns, mit tausend Verlegenheiten und noch mehr Scham oder das Ende jeglicher Zuversicht, mit dem Geschmack vergeudeter Zeit auf der Zunge und dem Verlust eigener Identität, ein fleischliches Modell, das es verlernt hat, seinen Körper noch sinnvoll zu bewohnen. Und es ist die unvollständige Geschichte eines Mittags, dem die Trockenheit in die Kehle steigt, der gehörlos in die Finger geht und ungeahnte Schizophrenien in die Welt klimpert; an einem Tag, der in Sprachlosigkeit aufgeht und im Schweigen seine Rechtfertigung findet, der direkt neben dem Friedhof geparkt ist und mit jedem unterdrückten Wort an Schwermut gewinnt.

Dennoch zeigt sich Alexander bemüht, den Gang der Dinge nicht vor ihrer endgültigen Bestimmung abzustempeln, auch wenn sich die Trägheit noch so sehr darum bewirbt. Bisweilen verspürt er, wo die Schuhe zwicken, und dass es wenig sinnvoll wäre, sie so lange zu tragen, bis sie ihm passen.

Wie dem auch sei, gelegentlich schreibt das Gemüt seine eigenen unverbesserlichen Texte, vielleicht mit Griffeln der Resignation oder des Zorns, so genau möchte er das nicht wissen, nicht alles, was zum Verständnis ansteht, will auch immer verstanden werden. Die Torheit beginnt dort, wo man sie kategorisch ausschließt, sie als anmaßend empfindet, oder was auch sein kann, sie tätschelt und verhätschelt.

Eigentlich sollte Alexander dazu überwechseln, der verbarrikadierten Welt seiner Seele etwas mehr Licht zukommen zu lassen. Es gibt nicht die Ewiggestrigen auch nicht die Ewigmorgigen. Wer sich finden will, muss dem Heute seine Stimme anbieten.

Sodann beschließt er, der Gemeindebücherei seine Aufwartung zu machen und erhofft sich von dem Buch *Stadt der Fledermäuse* einige aufschlussreiche Informationen. Wie ihm bislang bekannt wurde, handelt es sich bei dieser Schrift um ein vorsehungsträchtiges Memorandum, das zunächst fiktiv gedacht, inzwischen aber von der Realität eingeholt wurde. Insofern liegt es nahe, dass Alexander sich von diesem Werk einiges verspricht. Wenn sich schon ein Familienmitglied erfolgreich der Hellsichtigkeit verschrieb, dürfte er die Nachkommen nicht ausgespart haben. Jedenfalls könnte die eine oder andere Botschaft dazu gereichen, der momentanen Ungewissheit auf die Sprünge zu helfen. Dass ihm dabei vornehmlich das Schicksal Laras in den Sinn kommt, lässt sich gleichsam blind ertasten, selbst auf die Gefahr hin, dass das, was dort verfasst wurde, nicht auch zu einem weiteren Chaos gereichen könnte.

Eigentlich war Alexander bislang angehalten, den gesunden Menschenverstand walten zu lassen, nun jedoch mehren sich die Zweifel, inwieweit er mit dieser Einstellung seinem Leben gerecht geworden ist. Zu viel Schmeichelei könnte im Spiel gewesen sein, zu viel Hochmut und zu wenig Eigenkritik. Anderen gefallen zu wollen, ist oftmals der direkte Weg, sich selbst zu enttäuschen.

Nun muss man nicht unmittelbar davon ausgehen, Alexander hätte sich mit diesen Zugeständnissen zu einem endgültigen Glaubensbekenntnis hinreißen lassen, zuweilen bemüht er jeden Strohhalm, der ihn über Wasser halten könnte. Offenheit und Freimut war schon immer die Zuflucht derer, die nichts Gescheiteres zwischen die Finger bekamen. Insofern dürfte ein Dementi auch seinerseits jederzeit möglich sein, gewiss nicht heute und nicht in dem Anzug, der nach wie vor seiner Glanzzeit hinterhertrauert.

Aber wie jede noch so bittere Wahrheit nicht vor fremden Einflüssen geschützt ist, sieht sich Alexander beim Betreten der Städtischen Bibliothek von hier auf jetzt in die Wundersamkeit einer anderen Welt versetzt, aufgefangen von einem Lächeln, wie man es nur der Mona Lisa zurechnen könnte, wahrhaftiger umschrieben, einer bilderbuchschönen Bibliothekarin, die mit Charme und Anmut soeben mal seine Sinne durcheinanderwirbelt. Beeindruckt und mit dem Gefühl, dem Vergessen noch nie so nahe gewesen zu sein, erreicht ihn die Botschaft, dass sein Interesse bestimmt der Lektüre *Stadt der Fledermäuse* gelte, sie hätte ihn bereits erwartet und sei froh, ihn kennenzulernen, außerdem wäre es nie zu spät etwas hinzuzulernen.

»Solcherlei mysteriöse Schriften«, bekundet sie, »sind nichts Ungewöhnliches, für mich eher schon ein alltäglicher Anblick. Die meisten dieser Werke entstehen rein zufällig und sind selten bis gar nicht dem Willen seiner Verfasser unterworfen. Es ist, als würde der Wind dem Autoren die Zeilen ins Gesicht blasen, bisweilen sogar grundlos, einfach so zum Spiel, möglicherweise noch intuitiv, niemand ist mehr überrascht als der Künstler selbst. Folglich wäre es einfältig, nur das in Erwägung zu ziehen, was sich erklären oder begründen lässt.«

»Eine aufschlussreiche These«, zeigt sich Alexander neugierig, »entweder sind Sie eingeweiht oder ausgesprochen nachsichtig im Umgang mit Menschen, denen die Hilflosigkeit ins Gesicht geschrieben steht.«

»So direkt möchte ich nicht auf Sie zugehen«, scherzt die Bücherfee. »Sie könnten zwar eine Aufmunterung vertragen, es aber auch als Weckruf für intimere Dinge verstehen, und das wäre, falls nicht verfrüht, schon ein wenig aufdringlich, wenn nicht sogar ein bisschen ungezogen.«

Kommt zurück auf die besagte Story und zieht den Vergleich mit dem Roman »Titan«, der Jahrzehnte vor dem Untergang des größten Luxusliners nahezu unbemerkt die Regale versorgte. »Als dann das Geschehen um die Titanic seinen Lauf nahm und nähere Details des tragischen Schicksals bekannt wurden«, verdeutlicht die geheimnisvolle Schönheit, »erinnerte man sich des vorab verfassten Buchs. So nahm man verblüfft zur Kenntnis, dass der Schriftsteller nicht nur den genauen Hergang der Kollision erfasste, sondern auch die Einzelheiten die zum Untergang führten.«

»Wie sich zeigt, lässt sich das Wissen beliebig abrufen«, vermutet Alexander, »es kennt keine Grenzen und ist wohl außerhalb der Zeit beheimatet. Insofern ist unser Leben dann auch mehr als das, was der Alltag zu veräußern hat, mehr als nur Routine und Geschäftspraktiken. Es verfügt über Qualitäten, die jenseits unserer Vorstellungskraft liegen und uns immer wieder in Erstaunen versetzen. Vor diesem Hintergrund und der Wahrscheinlichkeit, dass wir über Informationen verfügen, die uns von Natur aus fremd sein müssten, ist es nur verständlich, dass wir das Universum mit einer allumfassenden Formel verknüpfen möchten, einer Bewusstseinsparabel, die alles einschließt, das Genie Mozart oder Einstein, vielerlei Dimensionen und Spiegelbildlichkeiten, zuweilen mit der wundersamen Beschaulichkeit, dass der Schöpfer alle Möglichkeiten eingeplant hat, nicht zuletzt auch diese, worauf wir bislang noch keine Antwort haben.«

»Sie sollten mehr darüber erzählen« gibt sich der blond gelockte Engel der Andacht hin. Eröffnet dem selbst ernannten Physiker die Chance auf eine Tasse Kaffee, sieht nicht die Kunden, die sie daran hindern könnten und gibt tiefsinnigen Blickes zu verstehen, dass man keine Gelegenheit auslassen sollte, nach der man nur zu greifen brauchte.

Hiernach schlüpft sie in die hochhackigen Sandaletten, die sie unter der Theke versteckt hält, stolpert mit steilen Beinen und artistischen Hüftschwüngen quer über den spiegelglatten Parkettboden, zelebriert ebenso amüsant wie graziös den Ausverkauf ihrer teuflisch knappen Wäsche und unterstreicht auf höchst angenehme Weise, dass der Himmel in der Tat mehr zu veräußern hat, als die Frage, wie sich das Leben in einer zeitlosen Zeit erklären lässt, wenn der Engel der Lobpreisung sich bereits auf Erden unentbehrlich macht.

Dass Alexander inzwischen der Meinung ist, dass Phantasie und Wirklichkeit enge Verbündete sind, lässt sich sowohl seinen geweiteten Augen entnehmen als der vermeintlichen Tatsache, dass ihm offensichtlich entfallen ist, was ihn so dringend hierher verschickte.

Das Buch der Fledermäuse wird er nicht neu entdecken, nichts was darin steht und vermutlich auch nichts von dem, was die augenblickliche Situation hergibt. Außerdem verharrt er gegenwärtig in Tuchfühlung zu sich selbst und zu den Dingen, die sich hier und jetzt abspielen; jene sinnlich inspirierte Wirklichkeit, die ihn mit strohblumenleichten Blicken einfängt und dem Gefühl Vorschub leistet, einer neuen Gewissheit verfallen zu sein.

Nebst ihrer verführerisch duftenden Haut ist es dann der Kaffee, der ihn betört, eine Keksdose mit weihnachtlichem Anis und der liebevollen Hinwendung, dass die Bücherfee den Zucker persönlich in der Tasse aufrührt. Und als hätte das Licht eine geheime Übereinkunft mit der Kostbarkeit ihrer schmucken Erscheinung, schimmern ihre Brustwarzen durch ihre zarte Seidenbluse, gleich Bernsteinperlen, derweil dem zarten Tauwerk ihrer Figürlichkeit das Funkeln tausender Nächte zündet.

Sicherlich hätte Alexander, hinsichtlich der Seligpreisung ihres begnadeten Körpers, sie mit ein paar ausschweifenden Orgeltönen verwöhnt, etwas anderes sei nur gedacht und müsste ohnehin beidseitig in Erwägung gezogen werden.

Doch wie die meisten Sehnsüchte erst einmal vom Schein befreit werden wollen und nicht sogleich dem Sein verpflichtet sind, bahnt sich das erste Hemmnis an, respektive in Gestalt Carlotta Niesmachers, die eigens angereist ist, sich dasselbe

Buch auszuleihen. Alexander, der sich mit gleicher Post in die Wundersamkeit des Schweigens versetzt fühlt, gibt der hilflosen Bücherfee mit einem Kopfnicken zu verstehen, dass er damit einverstanden sei, ihr das gewünschte Pamphlet zu überlassen. Wollte man seinem Lächeln mehr entnehmen, schwingt sogar eine gewisse Dankbarkeit mit.

Als die Konversation sich in die Gleise des Alltags begibt, und der obligate Schotter der Straße abgehandelt ist, überrascht die Umweltdezernentin mit der Nachricht, dass die Mediziner den Virus, der diese Stadt bedroht, erkannt hätten und es nur eine Frage der Zeit sei, dass man die Seuche mit der Verabreichung eines entsprechenden Gegenmittels, sehr bald in den Griff bekäme. Selbst die im Umlauf befindlichen Medikamente zeigten bereits ihre Wirkung und hinderten den Erreger daran, sich weiterhin so radikal auszubreiten.

»Es gibt für alles einen Sargdeckel«, triumphiert der Blondschopf, »mithin auch für solcherlei Parasiten.« Bittet die Umweltdezernentin zu einer Tasse Kaffee und erhofft sich, dass damit nicht nur das Finale der Affäre Fledermaus angesagt ist, sondern auch das Ende der gesellschaftlichen Exzesse und Ausschweifungen. Alexander, der nicht immer wusste, welche Seite Carlotta Niesmacher betanzt, ist einigermaßen erstaunt, dass sie sich der Meinung der Bibliothekarin vorbehaltlos anschließt und, als hätte sie nie etwas anderes gedacht, sogar mit den rühmlichen Worten quittiert, dass sie gegenwärtig für einen neuen Bürgermeister plädiere wie auch für die Auswechslung bestimmter Dienstposten der Staatsanwaltschaft und der Kriminalpolizei.

»Wandelbarkeit ist offenkundig ein Luxus, der in jeder Rechnung aufgeht, nichts kostet und ausgesprochen leicht zu handhaben ist«, gibt sich Alexander seiner Betrachtung hin.

»Dennoch lässt sich nicht leugnen«, zeigt sich die Bücherfee angriffslustig, »dass man dies alles schon vor geraumer Zeit hätte in Erwägung ziehen müssen. Allzu lange hat man sich der Droge der Gleichgültigkeit verschrieben. Entweder verschwieg man, was hätte ausgesprochen werden müssen, oder heulte ganz einfach mit den Wölfen. Jetzt allerdings sind es genau die Zähne, die man mundtot halten wollte, die vermeintlich gezähmt, nunmehr zurückbeißen, vornehmlich in Gestalt des TV-Senders, der nichts unterlassen wird, die mysteriösen Geschehnisse an das Publikum weiterzureichen, derweil man davon ausgehen muss, dass Lara die entsprechenden Details hierfür nachliefern dürfte, und, was anzunehmen ist, mit diversen Wahrheiten und Peinlichkeiten nicht sparen wird.«

»Sie wissen mehr als ich«, zeigt sich Carlotta Niesmacher interessiert. »Bislang habe ich keine näheren Informationen, vielleicht könnten Sie mich auf den neuesten Stand bringen.«

»Das sollte mir ein Leichtes sein«, so die Reaktion der Bibliothekarin, begibt sich an die Bücherwand, nimmt mit Anmut und Grazie die Stufen der Leiter und verwöhnt Alexander einmal mehr mit der gänzlichen Vorherrschaft ihrer Reize.

Und als hätte sie ihn wortlos gerufen, zögert er nicht, ihr beim Aufstieg behilflich zu sein. Irgendeine Gefälligkeit müsste schon passieren, wollte er nicht der Blasphemie verfallen, Göttliches der Missachtung preiszugeben, auch wenn seine hehren Ambitionen augenblicklich vermehrt ihrem begnadeten Hinterteil gelten. Aber der Himmel weiß, dass es Verbindlichkeiten gibt, die jenseits aller Erklärungen beheimatet sind und keine Rückschlüsse mehr zulassen.

Dies nur zu den charakterlichen Merkmalen des männlichen Parts, Carlotta wird bestimmt andere Sinneseindrücke bevorzugen. Jemand, der seinen Kaffee schwarz und ungesüßt trinkt, ist entweder gefühlsarm oder ein erotischer Nihilist. Jedenfalls ist Alexander weit davon entfernt, mit ihr tauschen zu wollen.

Als dann der lichtbeseelte Cherub die Sprossen der Vorsehung mit gewagtem Sprung verlässt, fühlt sich Alexander verpflichtet, ihr zwischen die Beine zu greifen, natürlich im Benehmen, sie wohlbehalten dem irdischen Parkett zuzuführen, möglichst unbefleckt und ohne Blessuren.

Für Carlotta Niesmacher der ersehnte Moment, sich der gewünschten Lektüre zuzuwenden. Aufwendiger und umständlicher wird sie selten ein Buch in Empfang genommen haben, indes der Blondschopf ebenso artig wie verlegen darauf hinweist, dass sie nunmehr alle Antworten in der Hand hielte, alle Missetaten und alles, was die Herrschaften dieser Enklave bislang in Verruf brachte. Insofern sollte sie sich schon darauf einstellen, dass der Roman *Stadt der Fledermäuse* kein amüsanter Spaziergang sei, eher schon eine irrwitzige Geisterbahnfahrt in die Abgründe menschlichen Schwachsinns.

Kapitel 17

Alexander, der nach der dramatischen Befreiungsaktion Laras zunächst glaubte, das Leben hätte ihn suspendiert oder ausgesperrt, sieht sich zunehmend freundlicheren Perspektiven gegenüber. Die Häuser kommen wieder einander näher, die Straßen wachsen erneut zusammen und die Bürgersteige, wenn sie nicht schon mit den Schaufenstern der Sehnsüchte ins Benehmen gerückt sind, geben sich der einstweiligen Romanze hin, unter hochhackigen Schuhen und hübschen Beinen den Anschluss an die Welt zurückzugewinnen. Trotzdem dürfte Alexander nicht alle Nachtgespenster verjagt haben. So mag es sein, das die Schreckensgestalten etwas von ihrer Gefährlichkeit eingebüßt haben, nicht jedoch so explizit, dass man nunmehr von harmlosen Kobolden sprechen könnte, schließlich war er selbst der Geburtshelfer dieser Visionen, und wenn man hinzufügen möchte, ihr heißester Kandidat.

Aber mit welchen Erinnerungen Alexander auch seinen Fußweg auspflastert, momentan ist er bereit, zu verdrängen, was ihm die letzten Wochen eingebracht haben. Heute allerdings ist ein anderer Tag, und als hätte der Himmel ihm eine Strickleiter zugeworfen, erklimmt er die Möglichkeit, sich neu zu konstituieren, zuweilen mit der Frage, wie es sich erklären lässt, dass zwei Menschen, die sich bis dato nie begegnet sind, augenblicklich das Gefühl haben, sie wären bereits seit Ewigkeiten miteinander vertraut.

Außerdem wäre es unchristlich anzunehmen, die Liebe auf den ersten Blick sei etwas für Anfänger oder nur für Illusionisten gedacht. Der Schöpfer müsste um seine Allmacht fürchten, hätte er diese Variante des Sichkennenlernens nur als Farce gedacht.

Sicherlich gäbe es noch eine Menge Beispiele dafür, dass sich nichts unverhofft ereignet, schon gar nicht zufällig, alles ist eine Erklärung wert. Wollte er eine Vermutung nachreichen, ist der menschliche Geist universell veranschlagt, er existiert in mehreren Welten und auf verschiedenen Zeitebenen, sozusagen als multiple Persönlichkeit. Was bedeutet, dass das Bewusstsein durchaus als Berichterstatter unserer Ahnungen infrage käme. Natürlich hätte Alexander die Chance, auch andere Überlegungen ins Licht zu stellen. Aber nachdem ihm eine weitere Tasse Kaffee seitens der Bücherfee verwehrt blieb und Carlotta Niesmacher ihn ins Fahrwasser der Verabschiedung zog, befürchtet er, die Gunst der Stunde zunächst einmal an den Tag verschenkt zu haben. Dennoch geschieht es ihm, dass der Pfad, den er beschreitet, von Blüten der Glückseligkeit überhäuft wird, was ihm bisweilen den Eindruck vermittelt, er begebe sich in die Spur einer neuen Episode.

Also tänzelt er über Rinnsale und Bordsteine hinweg, zählt die Schlaglöcher, die dieser Stadt wie aufgeplatzte Wunden zu Gesicht stehen, und sehnt die Zeit herbei, da er den Weg wieder über Felder und Wiesen bestreiten wird; schaut über die eingebrochenen Dächer, die, mit Folien abgeklebt, sich im Wind wie Geschwüre blähen, entdeckt das hämische Grinsen der Sonne und zählt weiter, zählt die Stunden der Versäumnisse und Bummeleien, die vielen Zuwiderhandlungen, jene, die immer wieder passieren, und solche, die nie geahndet wurden.

Zählt weiter und weiter, bis ihn der Himmel dazu auffordert, seinen Blick an den Kosmos zu verschenken, wobei er es vermeidet, die Summe der Sterne zu addieren, sie ließe sich womöglich nicht einmal schätzen. Überdies geht die Wahrscheinlichkeit dorthin, dass mehrere Welten ineinander geschoben sind und, weiß Gott, weitaus mehr Dimensionen gegeben sind, als wir sie mit unserem Verstand ausmachen dürften.

Alles dies könnte wahr sein, auch, dass wir mehrfach existieren, eventuell sogar eine Ähnlichkeit vorzuweisen haben, dann vielleicht mit den Vorzügen einer Traumgestalt oder eines Hologramms, in einem Raum, der nicht minder illusionsträchtig ist und alle Merkmale zwischen Sein und Schein erfüllt; was übrigens den Wunsch Alexanders, sich einer hübschen Begleiterin anzuschließen, widerspiegelt, zumindest für den Augenblick und gegenwärtig, bisweilen mit der extravaganten Metaphorik, träumen wir die Engel oder träumen die Engel uns?

In der Zwischenzeit führt ihn der Weg, eher spontan als willentlich, zum Gotteshaus, gegebenenfalls auch aus beruflicher Routine und der eingeübten Absicht, seine Finger zur gewohnten Stunde auf die Tasten zu bringen. Steigt über die eingesunkenen Stufen, die zum Portal führen, verspricht dem Geist der Steine, sich dafür einzusetzen, sie baldigst anheben zu lassen, und ist guter Dinge, das Geld hierfür locker zu machen, wobei er weniger an seine Tasche denkt, sondern an den Schatz, der in der bischöflichen Grotte verrotten müsste, würden die Patres ihn vergessen oder verschlafen.

Es ist schon erstaunlich, wie leicht sich die Ideen einfangen lassen, wenn die erforderlichen Münzen hierfür nicht erst geprägt werden müssen. So rät er den Patres beim gemeinsamen Dinner, in die Schatzkammer zu greifen und mit gescheiten Investitionen das ramponierte Image der Kirche wieder herzustellen. Ein Vorschlag, der unmittelbar diskutiert wird; wobei der Gedanke, den vernachlässigten Klosterbereich in ein Internat zu verwandeln, besondere Zustimmung findet, man könne mit selbiger Post dem altehrwürdigen Anwesen zu seinem ursprünglichen Aussehen verhelfen.

»Natürlich sollte das Bethaus nicht vergessen werden«, interveniert der Nestor der Bruderschaft, »schließlich hat der Herr erheblichen Anteil daran, dass er uns mit einer ansehnlichen bis ausgiebigen Beute versorgte.«

»Wenn Sie schon einmal eine Generalüberholung sakraler Kostbarkeiten in Erwägung ziehen, steht die Orgel gleichsam oben an«, fordert Alexander, »wollten wir nicht, dass die Spatzen auf den Dächern irgendwann mit ihr um die Wette pfeifen, wäre es vernünftig, ihr den Vortritt einzuräumen.«

»Ich glaube«, fasst Domenico zusammen, »es gibt einiges, was wir zu bedenken haben, vieles ist versäumt worden und vieles mehr, was durch Gleichmut und Teilnahmslosigkeit seinen ursprünglichen Wert eingebüßt hat.«

Demgemäß kommt er auf die bischöfliche Residenz zu sprechen, die einem guten Zweck zugeführt werden müsste, wollte sie nicht als Denkmal des Frevels in die Geschichte eingehen. Sieht die Möglichkeit, das Domizil dem Kantor zu überlassen und ist überzeugt, dass er mit Fingerspitzengefühl, künstlerischer Intuition und Einfühlungsvermögen die Räumlichkeiten neu beseelen könnte, wobei Kammermusikabende und Dichterlesungen als Inspiration dienen sollten. Außerdem würde sich Alexander ihm als zweckdienlicher Wächter der mannigfachen Kostbarkeiten erweisen, und zwar derjenigen, die dem Inventar zugehörig sind, und jener, die noch dem Kellergewölbe obliegen und darauf warten, eingelöst zu werden.

Sicherlich wäre es unfair zu behaupten, der Tag sei an Alexander unbemerkt vorbeigelaufen. Was nicht direkt vor seine Füße fiel, wurde mit der Qualität segnender Hände an ihn weitergereicht. Da muss man sich schon wundern, aus welchem Stoff manche Privilegien gestrickt sind, vor allem, wenn sie ihm derart sorglos anvertraut werden. Folglich wird Alexander auf weitere Sicht dazu aufgerufen sein, das zu akzeptieren, was ihm nicht gehört, und zu mögen, woran er sich noch gewöhnen muss.

Mit anderen Worten, seine Euphorie hält sich in Grenzen. Würde man es vergegenwärtigen, stört ihn bereits das spartanisch angerichtete Dinner nebst nimmermüden Litaneien und Segnungen, die dazu angehalten sind, das Mahl aufzubessern. Möchte man den Worten des jungen Novizen Glauben schenken, sind jene, die Großes anstreben, dazu ausersehen, sich zu bescheiden und zu mäßigen.

»Dass den kulinarisch hinterbliebenen Jüngern auch anderes in den Sinn kommen kann«, bringt Pater Sibelius flüsternd ein, »wird stillschweigend geduldet oder auch in Kauf genommen.«

So verhehlt er nicht, dass es ungerecht wäre, den heutigen Tag mit langen Zähnen und noch längeren Gesichtern zu beschließen. Also besinnt er sich der edlen Tropfen, die dem pontifikalen Kellergewölbe innewohnen, und meint, dass es nur gerecht zuginge, sie nicht auf Ewigkeit der Begutachtung zu überlassen.

Die Einwilligung aller Anwesenden und Nichtanwesenden voraussetzend, beauftragt er den Novizen, den Ausschank vorzubereiten. Rät ihm, sich einem gestandenen Bruder anzuvertrauen und versichert, dass so mancher Veteran beim Anblick der Jahrgänge sich wieder jung vorkommen wird.

Und so will es die Gunst des Augenblicks, dass sich weitere Stunden hinterherschieben lassen, jene, die sich in harmlosen Plänkeleien ergehen, und solche, die im Eis einzubrechen drohen, wenn die Geschehnisse der letzten Wochen ins Visier geraten. Aber diese Stunden des angeregten Gesprächs sind auch getragen von der Sorge um Lara, von der Vorstellung, sie könne ihrer Seele für immer entfremdet sein, abgewandert in eine Welt, in der sie kein Zuhause findet und nie wieder sich selbst sein wird.

Des Weiteren beschäftigt sie die Frage, wie es um den dynamitschweren Advokaten bestellt sein könnte. Er, der den Einsturz der Katakomben bewirkte, wird gewiss nicht unbeschadet geblieben sein und womöglich das Schicksal der Verschollenen teilen.

Aber es sind auch die angenehmeren Dinge, die ihre Zungen beflügeln, unter anderem der Gedanke, dass sich das Leben für sie umkrempeln ließe, würde Gott ihnen die Einsegnung des Internats und damit die Neugestaltung des ehemaligen Klosters gewähren.

Am nächsten Morgen geht so manches wieder seinen gewohnten Gang. Alexander, der von der Bläserbalustrade des Glockenturms aus die stattliche Ansammlung der Leute für die bevorstehende Messe beobachtet, ist einigermaßen überrascht.

Wenn dies den Sieg Christi über die alten Götter widerspiegeln sollte, werden die Unverbesserlichen nicht weit sein und, was der Himmel verhindern möge, die Wankelmütigen zu Bundesgenossen heranziehen.

Ungeachtet dessen vermag er Lichtblicke zu erkennen; der Fortschritt, so sein Fazit, besteht darin, dass er fortschreitet und nicht im Benehmen, sich sogleich unentbehrlich zu machen.

Als dann die ersten Freiwilligen den Mut fassen, das Gotteshaus zu betreten, die Glocken zugunsten der Andacht ihre schwergewichtige Resonanz eindämmen, eilt Alexander zu seinem Instrument, verhätschelt es mit pathetischen Klängen und der Wunder versprechenden Tuchfühlung *Großer Gott wir loben dich.*

Nun könnte man sicherlich der Auffassung sein, dass auch ein schlichteres Kirchenlied seine Wirkung nicht verfehlen würde. Aber bereits die eindrucksvolle Riege der Patres, die rechts und links neben dem Altar Position bezieht, verrät, dass Domenico die Macht des Herrn unmissverständlich zu dokumentieren trachtet.

Dennoch scheint er zunächst gewillt zu sein, sich der allgemein gültigen Liturgie zu unterwerfen, vielleicht auch zur Rückführung der entflohenen Schafe und in weiser Voraussicht, dass sie noch früh genug geschoren werden, wobei Domenico natürlich an seine Predigt gedacht haben dürfte, schließlich hat er sie entsprechend vorbereitet und benötigt hierfür schon die ganze Aufmerksamkeit der Abtrünnigen.

Und als hätte er die Geister bereits um sich versammelt, verteufelt er ohne ersichtliche Überleitung die Scharlatane und Propheten niederer Gesinnung, zitiert Moses: »Weh denen, die Böses als gut bezeichnen und Gutes böse nennen, die aus Finsternis Licht machen und aus Licht Finsternis. Sie werden durch die Flamme des Feuers wie Stroh hinweggezehrt werden.« Er mahnt die Gemeinde zur Gottesfürchtigkeit, fordert sie auf, ihre eis-verknoteten Finger zu entwirren und ersucht sie, im Sinne innerer Bußwilligkeit, die Hände zu einem *Vaterunser* zu falten.

159

Nur wer Reue empfände und sich zum Gebet niederließe, hätte ein Anrecht, die Allmacht des Herrn zu erblicken. Für ihn ist dies, wie sich unschwer denken lässt, der Moment, zur Predigt zu schreiten. Besteigt ehrerbietig in barocker Opulenz die mit Heiligen verwöhnte Kanzel und bittet insgeheim den Herrn um Nachsicht, sollten die Gäule auf seiner Zunge wider Erwarten mit ihm durchbrennen.

»Bereits die Tatsache«, verdeutlicht er mit Blick in die hohe Kuppel der Kirche, »dass das Universum dem Menschen eher den Schwindel besorgt, als die Antwort darauf, wie es funktioniert oder entstehen konnte, lässt den Schluss zu, dass hier eine höhere Instanz am Werke gewesen sein muss, ein vollkommenes Bewusstsein mit der Fähigkeit, alles zu bedenken und nichts zu vergessen. Man stelle sich ein Kinderzimmer vor, in dem sich alles wiederfindet, Computer, Videorekorder oder Schulbücher, nicht aber der Wille zur Ordnung und Zielsetzung. Es müsste in sich verkümmern, sich in eine Rumpelkammer verwandeln oder ins Chaos abstürzen. Nicht anders ist es um die Welt bestellt«, veranschaulicht Domenico, »fehlte in ihr der vorausschauende und planende Geist, wäre der Tumult unabsehbar. Die Sterne würden sich gegenseitig behindern oder aufeinanderprallen, die Sonne würde ihre Vorherrschaft über die Planeten verlieren und die Menschen der Erde in Angst und Schrecken versetzen. Glücklicherweise aber hat der Schöpfer alles bedacht, er als das Maß aller Dinge ist Anfang und Ende zugleich, und er ist der Vermittler all dessen, was jenseits unserer Vorstellungskraft beheimatet ist, der Garant der Liebe und des Gewissens, der Verfasser der Bibel und der Zehn Gebote und all der Lieder, mit denen wir ihn lobpreisen und ihm danken.«

Alexander, der weniger an Domenicos Worten klebt als an seinem Instrument, reagiert sogleich mit einer Eigenkomposition, besser benotet, mit einem Musikstück, welches ihm so gerade ins Gedächtnis kommt.

Nun muss man das Intermezzo nicht unbedingt als Fauxpas werten, Alexanders spielerische Brillanz ist stets ein Hörerlebnis, wenn nicht die beste Gelegenheit, sich zu entspannen und ablenken zu lassen, allerdings auch nur bis zu dem Moment, da sich Domenico besinnt, den Faden der Gottesfindung wieder aufzugreifen und mit der Frage verknüpft:»Wieso lässt Gott die Schandtaten zu? Wir könnten argumentieren, er hätte die Menschen mit einem freien Willen ausgestattet und räumte ihnen die Möglichkeit ein, ihr Gewissen zu schulen und sich verantwortlich zu zeigen. Es dürfte also jedem klar geworden sein«, blickt er über die Köpfe der Vernachlässigten hinweg,»dass wir noch eine Weile brauchen, um uns die Güte des Herrn begreiflich zu machen, und da werden weder moderne Glaubensbekenntnisse noch wissenschaftliche Theorien weiterhelfen. Am Ende bleibt die Frage, wer ist der, der den Gleichungen und Formeln den Odem einhaucht? Sicherlich kann alles Wissen, das wir über Gott in Erfahrung bringen, nicht seine Überlegenheit und Größe wiedergeben, vielleicht aber so viel, dass es allemal klüger ist, mit seiner Existenz zu rechnen.«

Gleichwohl Domenico überzeugt ist, dass die meisten Leute ihn nicht verstanden haben und wahrscheinlich auch nicht verstehen wollen, sieht er sich dennoch in der Pflicht, sie in sein Gebet einzuschließen, wenn auch äußerst kurz bemessen und mit einem Kreuzzeichen, das derart geschwind über die Brust geht, dass der Jünger Christi auch an die Vertreibung der Mücken gedacht haben könnte.

Alexander, der es gelernt hat, Domenicos Worte einzuschätzen, weiß, dass so mancher sich wie ein Pennäler vorkommen müsste und dass es an der Zeit ist, den säumigen Kirchgängern eine weitere musikalische Aufmunterung zuteil werden zu lassen, derweil ihm der gewichtige und beliebte Choral *Lobe den Herrn* unvermittelt in die Finger geht, indes die imposanten bis übermächtigen Akkorde der Komposition das Gewölbe der Kirche erzittern lassen und die Häupter der vermeintlich Gläubigen mit feinstem Deckenkalk segnen.

Und wie so manches, das heute der Magie unterworfen ist, sich zurückzumelden, befleißigt sich der Himmel, dem angedachten Mysterium eine weitere Erscheinung nachzuliefern, sieht sich Alexander augenblicklich der Illusion Laras gegenüber, engelsgleich und übersinnlich, ein Wesen, das dem Schatten verpflichtet und dem Licht zugewandt ist, jedenfalls wäre er bereit, alles zu denken, auch das Undenkbare.

»Die Religion ist im Vollzug, die unwahrscheinlichsten Dinge zu gewährleisten«, offenbart sich die schemenhafte Gestalt. Erst nach einer Weile und als die beschleunigten Frequenzen seines Pulses auf ein gemäßigtes Taktmaß zurückgreifen, erfasst ihn die betörende Gegenwart der Bücherfee, wenngleich sich außergewöhnliche Ähnlichkeiten zwischen ihr und Lara kaum verhehlen lassen.

»Ich hoffe, mir ist die Überraschung gelungen«, lächelt sie hintergründig. »Es gehört nun mal zur Spielart des femininen Geschlechts, jemanden zu verwirren oder zu bestricken. Frauen wissen zwar nicht immer, was sie wollen, aber sehr genau, wie sie es anstellen können.«

»Das ist beruhigend zu hören«, gesteht Alexander, »dann sind sie besser aufgehoben als die Männer, wir wissen zwar, was wir wollen, selten aber, wie es sich verwirklichen lässt.«

»Was nicht ausschließt«, weissagt der angeflogene Engel, »dass Ihnen bislang mehr gewährt wurde, als Sie sich dies bewusst machen konnten. Weitere Sprachlosigkeiten dürften gewiss anstehen.« Zieht ihn in die Sogkraft ihrer einnehmenden Persönlichkeit und versichert, dass das Buch *Stadt der Fledermäuse* vielerlei Facetten aufzuweisen hätte, jene die erst noch entdeckt werden wollen, solche, die sich im Verborgenen bewahrheiten, und andere, die den Kuss der Erweckung herbeisehnen, um sich für immer darin einzuschreiben.

* * *

Trilogie: *EIN MORGEN DAS GESTERN WAR*

Die genetische Arche

Amnesie - für die meisten nur ein ängstlicher Gedanke - ist für Dr. Stern Realität geworden. Nach seiner plötzlichen Entlassung aus einer Nervenklinik spinnt sich um ihn ein Netz obskurer Ereignisse und Intrigen. Es ist der Anfang eines Höllentrips, bei dem Wahn und Wirklichkeit einander die Hände reichen. Überdies lastet auf dem verwirrten Patienten die traumatische Vorstellung, möglicherweise einen Sexualmord begangen zu haben. Im wilden Strudel dieser Geschehnisse stößt er auf das Computerprojekt»Genetische Arche«, dem die Bausteine des Lebens zu Grunde liegen, ihre unermessliche Vielfalt und alles Wissen der Menschheit. Sehr bald jedoch muss Dr. Stern erkennen, dass deren Erbauer, ohne es zu ahnen, das Gespenst Xetex schufen, jene virtuelle Intelligenzbestie, die mehr als nur Bits und Bytes zu verspeisen trachtet.

2002 ISBN 3-8311-3916-4

Geniale Debütanten

»Geist ist überall Geist, wie Licht, das überall Licht ist«, verkündet Astronaut David Fisher.»Dieses Universum hat unsere Sprache voraus, die goldenen Partituren der Künste, allen Wissens und jeglicher Phantasie, aber auch die Stimmen der Finsternis, die Mächte des Profits und Verderbens.«
Und da die Gefahr dort beginnt, wo das Verständnis anderer aufhört, wird für Fisher mit einem Male alles Geschehen zur Flucht, spürt er den tödlichen Windhauch, der ihn jeden Moment in die dünne Wirklichkeit seines Schattens blasen könnte.

2001 ISBN 3-8311-1813-2

Syndikat der Engel

»...dann das Unausweichliche, das Licht verglimmt, und das Paradies fällt zurück in den Kerker der Nächte. Das Einzige, was die Schwärze noch hergibt, sind ihre weißblanken Schenkel, die glitzernde Brandung in ihren Augen und die mörderisch eingekrallte Hand eines Schattens, unbarmherzig verwurzelt mit einem Dolch, der süchtig sein Ziel sucht und mit jedem bisschen Funkeln daran erinnert, dass er der Schmiede der Finsternis seine gnadenlose Kälte zu verdanken hat.«

Im dritten Roman der Trilogie *Ein Morgen, das gestern war* vertieft Heinz J. Schiffer die Idee eines suggestiv inspirierten Weltganzen.

Ein Phänomen, das in *Syndikat der Engel* Gestalt annimmt: Angesichts einer Reihe unerklärbarer Mordfälle, vermutet Kriminologin Bellana, dass die Handlungsweisen der Menschen durch entsprechende Gedankenprozessoren und Computerprogramme beeinflusst und gesteuert werden.

Weitere Recherchen lassen ahnen, dass das Internet für eine globale Ausbreitung der telepathischen Kontrolle durch eine dunkle Macht verantwortlich ist und womöglich zum Protektor eines neuartigen Terrorsystems aufrückt.

In diesem Netz gefangen, verwischen die Konturen zwischen Realität und virtueller Wirklichkeit, zwischen Jäger und Gejagten, zwischen Opfer und Täter.

2002 ISBN 3-8311-2935-5

Tod der Mücken

»Nichts ist spektakulärer als der Tod, dieses Antigesicht, das sich zum Jenseits hin entfärbt, seine Identität ablegt und zur Maske des Untergangs wird.«
In diesem Sinne reflektiert *Tod der Mücken* dann auch mehr als nur den Verlust der lästigen Insekten. Skizziert werden die neurotischen Antennen des Radiomoderators Samuel Nemo, der sich in seiner Rolle als säkularisierter Telefonseelsorger überfordert sieht. Gelang es ihm bisher, die bizarren Ambitionen seiner Gäste mit den Mücken an die Wand zu klatschen, erwachsen ihm nun vermehrt genau die Geister, die er eigentlich zu beerdigen gedachte.
Und da der Psychococktail überdies mit Drohbriefen und Mordabsichten aufgeschüttelt ist, sieht sich der Leser einem veritablen Verwirrspiel gegenüber, letztendlich mit der bangen Frage, inwiefern Nemo noch fähig sein wird, die Partitur seines Selbst zu dirigieren.

Der Roman *Tod der Mücken* steht der vorangegangenen Trilogie *Ein Morgen das gestern war* an Temperament und Fabulierfreude um nichts nach. Keineswegs frei von satirischen Intentionen spielt der Autor mit Strukturen des Detektiv- und Kriminalromans und vollführt – scheinbar beiläufig – eine Tour de force wider den Zeitgeist.

2005 ISBN 3-8334-1853-2

STERNREISENDER

Gedichte

**GEDANKEN
IN DENEN SICH DIE ZEIT ERNEUERT**

Wie anders dieses Leben
das sich in deinen Texten zusammenfügt
ein beachtliches Bündel innerer Unberührbarkeit
du selbst als Traumgast
einer neuen Wirklichkeit

wie anders
wenn ihr Lichtgesang dich einstimmt
mit der tönenden Saite des Universums
welche Stimmen nur
die vom Atem eines Weltrezitativs
erwärmt werden

wie anders dieses Leben
das im Nichtvorhandensein
dir selbst immer mehr
an Bedeutung gibt.

2002 ISBN 3-8311-1556-7